Nagasaki

A Novel

ACRO
POLIS

長崎

Éric Faye

艾力克・菲耶——小說
陳太乙——翻譯

Beyond

11

艾力克・菲耶的寓言千奇百怪，各有奧妙。在這本書中，他對我們說了其中一則。少少一百頁，一頁不多，卻已足夠作家揮灑；探討了幾個大主題，絕無勉強的勾勒，甚至看不出筆觸痕跡：罪惡感、羞愧、孤獨、懊悔不甘。書中人物對於生活有一種真切的不適，在緊張得難以喘息的社會中找不到定位。

——《費加洛報》*Le Figaro*

為了將這則簡單卻令人難安的故事表現得恰如其分，菲耶採用了日本浮世繪般簡潔有效率的手法：沒有注釋，沒有破折號，沒有無用的偏離主題——本質，事情的重心與想法，別無其他。我們只會有一種更強烈的奇妙感受，開始重新審視自己與世界之間的關係，而這正是異想落差有趣之處。我們以為知道自己是誰，住在哪裡，與什麼人一起生活；而突然，因為一次發現，一場翻天覆地的混亂，我們內心深處與世界之間的界線變得模糊，逐漸消失。作者以令人讚嘆的嫻熟技巧，直接深入內心，討論人心。而本書集上述優點於一身，是一本簡單扼要又動人心弦的小說。

——《世界報》*Le Monde*

「一首奏得剛好的小樂曲，」法蘭西學術院院士及作家維圖（Frédéric Vitoux）表示：「我們全體法蘭西學術院院士都明顯感受到，艾力克．菲耶能以非常簡潔、非常透明的筆觸製造一種紊亂的情緒——如德國作家霍夫曼史塔（Hugo von Hofmannsthal）所言：深度應藏於表面。菲耶的才華即在於將深度藏在表面。」

——法國廣播電臺國際臺 Radio France Internationale

長崎，做為書名，聽來簡潔有力；但它也是日本門戶開放之前禁鎖西方商人之島，是中間地帶，身分不明。對志村和後來躍居幕前的女性入侵者而言，長崎亦代表著刻印在他們個人命運中的地理、歷史及社會危機。

艾力克・菲耶混合各種書寫，風格，語氣，將一則小小的社會新聞編造成一部迷人、發人深省、感動人心的小說。

——《人道報》*Humanité*

透過一則不尋常的日本社會新聞，艾力克・菲耶細細描繪出現代人的生活煩憂……

《長崎》是一本簡潔有力的小說，在你身上迴響許久。以細膩的文筆，不誇張的語氣，艾力克・菲耶探討了罪惡感、記憶、擁有之脆弱，以及社會的自私。

一部優雅的作品，受到秋季多項文學大賞注目青睞。

——《快報》*L'Express*

在《長崎》中，艾力克・菲耶展現了一種詭異迷人的手法。在這則令人輾轉難眠，隨時警醒的故事中，似乎處處是疲憊不堪的心境；在這則故事裡，關愛如此匱乏，卻仍衍生出一絲絲溫柔。

——《十字架日報》*la-Croix*

一篇短短的文字，尖銳辛辣。自始至終游走在現實邊緣，這部小說以寓言的型態邀我們去探討現代社會中的人際關係。

——*viabooks* 網站

目次

長崎

人們說：同根生的竹子會在同一天開花，同一天死去，無論它們分別被種植在世界的哪個地方，相隔多遠。

——巴斯卡．基尼亞（Pascal Quignard）

本書根據一則社會案件改編而成；該案於二〇〇八年五月經多家日本媒體報導，其中包括《朝日新聞》。

你該想像一個怨嘆自己這麼早又這麼明顯地跨過五十大關的傢伙，住在長崎市郊，他的屋子位於一個街道陡直的町鎮。請看看這些蜿蜒的瀝青馬路，像蛇一樣爬上山丘，直到所有城市浮渣：鐵皮、帆布市招、瓦片，以及其他我不知道還有什麼的東西，全都在這一面東倒西歪、雜亂無章的竹林籬牆前止步。我就住在這兒。誰？真的不誇張，我不算哪根蔥。我養成了各種單身漢的習性用來做為防線，也讓我能對自己說，其實，我沒犯什麼大錯。

我有個習慣：下班之後，盡可能不隨同事去喝酒。我喜歡自己稍稍獨處，回到家裡，在該吃飯的時候吃飯：無論如何我都不會超過六點半。如果我已婚，大概就不會堅持這樣的戒律，會經常跟他們一起應酬；但我並沒有（結婚）。我的實際年紀：五十六。

那天，因為我有一點發燒，於是比平常早回家。電車載我到街口放我下車時，應該還不到五點。我一手提著一個購物袋。星期中，我很少這麼早回到家；結果進門時，剎那間倒覺得自己像在闖空門。闖空門這個說法是太嚴重了些，但是……直到最近一陣子之前，我不在家時也不常鎖門；我們的社區很安全，而且附近住著好幾位老太太（太田、阿部、較遠一點還有其他的）整天守在家裡。當我手上東西多的時候，門不上鎖是很方便的。下了電車後，我只需走上幾公尺，推開拉門，就進屋內了。再花點工夫脫下皮鞋，套上拖鞋，把食物收進櫥櫃裡。然後，我就能坐下，鬆口氣。但是今天，我卻沒能擁有這番奢侈的享受：看見冰箱裡的狀況，昨天那股擔心突然驚醒。然而，當我打開冰箱門時，一切顯得很正常。所有東西都在原位，也就是說，早上我出門時擺好的位置。漬菜，豆腐，預備晚餐要吃的鰻魚。我仔細檢查了每一層玻璃棚架：醬油，蘿蔔，昆布乾，紅豆餡，保鮮盒裡的章魚刺身。底層架上，三角御飯糰不多不少是四個沒錯。兩條茄子也還在。我頓時感到輕鬆不少，而且我很確定，等一下，那把尺必然也會給我令人安心的結果。那是一把四十公分長的鋼尺。我在沒有刻度的那一面貼了一條白紙，然後把尺探入一盒鋁箔包綜合維他命果汁（維生素A、C、E），當天早上才開的。我等了幾秒鐘，讓果汁浸濕我的探測計，然後緩緩拉出。我簡直不敢看。八公分，結果顯示。果汁只剩八公分，而早上我出門時還有十五公分……有人喝過。然而我一個人住。

不安的感覺又開始翻滾冒泡。為了徹底心安理得，我拿出小冊子，對照這幾天來的紀錄數據確認。沒錯，今天早上，的確是十五公分……有一次，我甚至打開冰箱門拍照，不過很快就沒再那麼做了。常常疏忽忘記，也怕自己太荒謬可笑……那時候，應該這麼說，我還只是淡淡起疑；但今天，已沒有什麼好懷疑的了。我又掌握了一項新證據，證實的確有人在搞鬼；這是兩個星期以來的第三次了。我這人很理性，不相信有妖怪附身到人家家裡充饑解渴吃光剩菜這種事。

第一次起疑是在幾個禮拜之前，但我很快就不把它當作一回事。可是沒過多久，微妙的疑心感受又回來了，像一群傍晚在空中嗡嗡振翅的小蒼蠅，你還沒搞清楚是怎麼回事，牠們就已經飛遠。一切都起因於確定自己買了某項事物卻怎麼也找不到。那時的第一個反應當然是懷疑自己記錯。我們很容易以為自己真的曾把某件商品放進超市購物車，但其實只想了沒有做。多想把記憶力不好怪罪給疲累就算了……對，疲累，有什麼事不能怪到它身上⁉

第二次，很幸運的，我有把收據保存下來，可以確認並不是我一時昏頭：沒錯，我確實買了那條忽然不翼而飛的魚。然而很難單憑此事做出明朗的結論，把一種莫名其妙的迷惑強行當作某種解釋。我大為震驚。某種程度而言，我的冰箱相當於我的未來，不斷重新循環：在裡面等著我的各種分子，以茄子或芒果汁或我不知道還有什麼的形式，提供我接下來幾天所需的能量。我的細菌、毒素和明天的蛋白質都在這個冰冷的箱子裡耐心等候。想到有隻陌生的手，不時拿走幾樣東西，指染即將成為的未來之我，我陷入深深的煩惱倉皇。其實還更糟：我因而反感作嘔。那是一種不折不扣的強姦行為。

*

一夜過去，果汁刻度下降對我所造成的困惑並未因而減少。到了早晨，我吹毛求疵的心思開始運作，試圖拼湊出全圖。那時，頭腦不斷提問調查，重整，剪理，減少，分解，並排，假設，推算，猜疑。直到我竟開始詛咒那臺灰色的三洋電冰箱。那家黑心廠商還特別在上面印了口號：Always being with you（永遠與你同在）。有誰看過鬧鬼的冰箱？或者會從儲存品中抽成來養活自己的冰箱？下班回家後，我想驅除這份焦慮，因為，慢慢的，它已經變成一場折磨。才剛六點：我還有時間去……這是終極手段，我覺得自己很可笑；但就我焦慮的程度來看，此刻最重要的是得知真相。不管平日的習慣了，我晚一點再吃飯。

套上外出服，穿好鞋，我跳上一輛開往濱町的電車。我打算買一套新「陷阱」，只要坐兩站就能到販售商店。如果我的組裝技術還算不錯，今晚就能睡得比較安穩。

話雖如此，其實根本不必仰賴什麼天分，安裝組件比我預料中的簡單多了。與這個小伎倆相比，記錄冰箱內的狀況簡直像石器時代那麼落伍。至於啟動計畫，則必須等到明天，在我工作的地方進行。我會盡量早到，一到八點就進辦公室。付諸行動後我安心多了，但同時卻又迫不及待地緊張；總而言之，我變得瘋瘋顛顛，竟沒注意到：九點多了，我連一口東西都沒吃。算了，就倒楣這一次……我泡了一壺熱茶，坐進沙發裡，想看電視消遣一下，找不到好看的節目，眼睛卻怎麼也不肯闔上。於是我翻開訂閱的雜誌，平時我是從來不讀的。第三十七頁，一張照片吸引了我，那是個滿臉恐怖皺紋的傢伙。「田鍋友時滴酒不沾」，記者以搶眼標題報導。瀏覽文章時，我心中止不住地想：笨蛋！世界最長壽的人瑞田鍋證實，他在邁入一百一十三歲之後只吃蔬菜，偶爾幾隻炸蝦，讓自己高興一下。多好笑啊！這位活化石最後的樂趣竟然是剝一兩隻蝦殼。此外，他炸蝦吃得愈來愈少，因為油炸料理他有點無福消受……可憐的田鍋！不久後，你就要進入涅槃，一切都將美好，等著瞧吧：他們已在入口處搭起了一個炸蝦攤，你大可用眼睛吞個夠，而且，不會太油。

想著想著，我微笑起來，結果深深入迷，甚至不再去思索陷阱的事，一口氣讀完整篇文章，直到句點才停。「我很快樂，」老頭子坦承：

「我還想再多活十年。」蠢蛋！不知道為什麼，接下來，我幾乎忘了將在遠方傳來的車馬喧鬧中劃下句點的這一天發生了什麼事，默默在幽暗中待了一陣。透過落地窗，雖然看不見，但我的眼睛望向海灣，灣裡的船隻暗影，以及海上那座造船廠。

你以為從此以後就能稀釋自我，沖淡自我所承載的一切沉積物（悲苦、煩惱、遺憾或後悔、嫉妒），像個嬰孩一樣熟睡；但其實，你正要度過的這一夜卻一開始就過得亂七八糟。即使白天牠們也在，一隻不多，一隻不少，但那些蟬隻，卻每在你正有一點睡意時就把你吵醒。風暴女神（Harpie）*蟬鳴唧唧，唧唧復唧唧，喝醉了似的，糾纏不休。抑或是你今夜太敏感？這下子，牠們一隻接著一隻，從耳朵鑽入你的腦，逛了一圈之後再從另一耳出來；然後重新大量湧入，在你的腦袋裡，排成一列，以螺旋方式鑽來鑽去，身手靈活，笑聲吟吟，不把你放在眼裡。總算，天亮之前一陣傾盆大雨沖散了牠們，就像你昨晚在ＮＨＫ的新聞中看到的，不知道哪裡的示威人群，被消防水柱驅離。但是，那個不速之客——反正他一定存在——他只要去複製一把鑰匙，就能隨時進入你家，帶一群身強力壯的朋友揍你一頓，讓你還搞不清楚怎麼回事就斷氣；一想到此，你又怎麼能放鬆？你心想，都是你這個不速之客，害我輾轉難眠，然後，等一下，面對我那些低氣壓和反氣旋時，我還會頭痛欲裂；而你，僅在一旁伺機而動，根本沒有任何損失。不久之後，你就可以盡情狂歡。一切都已準備妥當。而我也該起床了，現在都已經六點半。

*

總有一天，什麼事都不再發生。命運的繩索因為拉得太過緊繃，啪啦一聲就斷了。什麼事也沒有。從此以後，因你出生而造成的衝擊已是那麼遙遠之前的事，哇！好遙遠。這就是現代人的生活。你的存在延展於失敗與成功之間，在霜降之後與樹液再度循環之前。上個星期，我還在電車裡反覆思索這一切；而今天，在同一個座位上，面對著同一幅都會景象，想像著：這個事實或許並非永遠一成不變，我還挺開心的。電車下坡，駛過各站，一站又一站的，吞沒一群群胡思亂想的人，人人沉默不語，忙著解開那些超出他們理解範圍的夢。難道，對他們來說，比起清醒的時候，睡著之後的經歷感受更為強烈生動？電車經過一連串車站，站名我已倒背如流：觀光通、江戶町、大波止、五島町，然後是八千代町、寶町。我在此下車，轉乘另一條路線。有時候，我會徒步走完，但今天早上實在提不起勁，而且，我得趕快一點才行……一走出這條嘎嘎作響的毛毛蟲，蟬隻又繼續唧唧嗚叫，我正走在牠們棲息的樹下。牠們七嘴八舌地評論我，鋸斷我剛成形的想法與句子，以致於我一到辦公室，立即請求同事讓我把窗子關上一小會兒。昨晚牠們歇斯底里地鬧得我失眠，今天早上再聽見這聲響，我覺得簡直連耳膜都流出耳油了。而且，甚至，所有地方都已關得緊緊的，我們還是聽得到；因為那些蟲子的聲音能穿透玻璃水泥和牆壁。於是我又想起那檔事：攝影機，以及我家那個穿牆人。

我蟄伏在工作崗位上，不理人。同事們以為我全神貫注研究著前夜收到的衛星照片，因為，我跟他們一樣，都是氣象預測員。每天早上，一旦連上電腦，啟動程式，我就能查詢到由各氣象站傳送過來的最新雲圖報告。既然今天沒有任何異狀，不需我編寫氣象警報，也不必緊急完成某項任務，我於是在螢幕右下方開了一個新視窗。按幾下滑鼠，我啟動了陷阱。成功了……宛如奇蹟一般，畫面上出現一個寧靜的廚房，我剛才還在那裡用早餐。一切似乎都平靜。如果我是某家庭主婦的丈夫，就能遠距觀察她的動態。傍晚，離開辦公室之前，我將已經知道她為我們的晚餐準備了哪些料理。我昨晚裝設的網路攝影機運作良好得沒話說。我不需離開座位，就變成一個捉摸不到、無影無蹤的隱形忍者，窺伺自己的住所。我現在有分身術，不費吹灰之力。不過，電話響了，有人找我。預定十點中召開的部門會議提早，馬上就要開始了。可惡，我本來正想專心注意我螢幕右下角的小水族箱……稍晚之後，會議結束了，我重新展開監視，繼續使用我的第三隻眼。其實這些迷你網路攝影機可以連接到手機上，要不是因為我的那支屬於上古時代的機型（三年），我早該這麼做。開會時，我就不會浪費那麼多時間，可以繼續觀察我的房子，一面聽他們互相凝聽，大肆發表，指正對方……如果我結了婚，我就會緊盯妻子的影蹤，可能因為我容易吃醋，可能因為我離不開她。經過攝影機前時，她會對鏡頭拋個媚眼，甚至送一個飛吻。午後，我可以知道她接待了哪一群姊妹淘，穿什麼衣服。但是今天，那臺攝影機既非貞操帶，也不是其他維繫婚姻的工具。我把它固定在一座櫥櫃裡；透過櫃門玻璃，鏡頭呈現出的冷酷全貌是我的獨居生活，若在這畫面上再多停留一秒，我必將不由自主地打起寒顫。好險，電話鈴響，一位同事有問題向我請教，我得把海上氣象圖畫得更詳盡些：我的工作是拯救漁民，預測對馬群島到種子島之間甚至更遠的海域天候。

時間趨近中午，蟬鳴未曾罷休。我的神經揪成一團，著了魔，中了蟬蠱。在牠們的糾纏下，任何嫌犯都會招供吧！

我的房子卻始終守口如瓶。

我把右下角的視窗放大，現在是「全螢幕」狀態。大尺寸的**什麼也沒有**。可是，真奇怪。那感覺彷彿是，現在，我把一切放大之後，這間廚房裡的細節變得一覽無遺……就是有個什麼小地方讓我覺得不太對勁。是那個擺在流理檯上，位置顯眼的礦泉水瓶？鑑定專家有時也會被類似的直覺困擾：人家拿來的那幅畫是贗品，他們心底十分篤定，但就是無法提出具體證明。他們向後退一大步，又向前逼近一大步，而我，則以加倍放大的不安檢視廚房。那是一個贗品。礦泉水瓶被人移動過。

就在我(1)開會時，(2)上廁所時，(3)講電話時，(4)被一個同事纏住不放時：那傢伙就是不懂該如何解釋一個老掉牙的氣候現象。但是，說實話，我真的很確定瓶子不在當初我親自擺放的位置上嗎？上午剩下的時間裡，我只出去到街角的Lawson便利商店買了個便當，回到電腦前面囫圇吞下。離開這十分鐘，我現在想辦法彌補，目不轉睛地盯著今晚我將用來吃飯的餐桌。好了，這下子我十足像個駐守在滯留反氣旋中心的氣象特派員。打開午餐盒，面對這分隔開來，一格格五顏六色的食物，有那麼一會兒，我以為自己正在觀察一間迷你娃娃屋。於是我對自己說：你可以在你家六個房間裡都裝設網路攝影機，把視窗分格成六個畫面，從早到晚只要做這件事：遠距窺伺你所居住的便當盒。

午休時間到了。同事們紛紛離開我們的開放式辦公區，連冷氣也陷入昏迷狀態。而我則寧願忍受悶熱也不想忍受蟬鳴，再度關上所有窗戶，只開啟電腦螢幕上那一扇視窗，同時一格一格地吃光便當盒裡的東西。那支礦泉水瓶，剛剛不是在離水槽近一點的位置嗎？感覺起來，大約差了十五或二十公分左右……最後我的確相信自己沒看走眼，但風向卻突然轉變。聽你在胡說八道，你太想為自己潛意識裡的目光找理由開脫。而且，你真的這麼確定有幾罐優格憑空消失了嗎？那麼，你該去警察局報案啊：這幾個月，有人偷走了我三罐優格。好啦！冷靜點吧……這一陣子，你火氣太大了。

下午，我和兩名新進同事討論了很久。他們兩個找不到別的事做，老當我的跟屁蟲。跟他們講解如何使用氣象圖繪製程式時，我真想把他們倆揪起來互撞，好讓他們知道：現在不是打擾我的時候。這念頭想必可從我冷峻的語氣感覺得到，尤其當其中一人問我，那裡，螢幕下方那個視窗有什麼用途？我迴避了問題，繼續說明程式用法，同時斜眼偷瞄我的廚房。他們應該以為我是個變態狂或鬱悶的宅男吧！還是說，那是他老媽的房子？他不時遠距關心著？我正打算跟那兩個傢伙辯解時，右下方那個長方形框框微微黯淡了一下。一個形體顯現在螢幕上，黑鴉鴉的（廣角鏡頭會擠壓視野，我不該把它掛那麼高的），而且背光。僅幾秒鐘的時間，它往面街那扇窗的方向消失了。我一面回答那兩個傢伙，同時發現：跟我過招的是個女人。而根據她的髮型和矮小的體型來看，她並不年輕。她只是經過廚房，所以我沒能看見她的臉，僅抓到片面的側臉，意思就是我根本沒看清楚任何東西。我不想洩漏內心的混亂，轉身面對那兩個煩人的傢伙，刻意用輕鬆的語氣跟他們客套寒喧了一番。實在愚蠢極了。等我再回去看時，那個形影早已離開鏡頭視野。兩名菜鳥向我道謝，留我獨自面對空蕩蕩的廚房，我彷彿被幻覺遊戲擺了一道。她一定會再從反方向經過的，要有耐心。

但是並沒有。十分鐘，一刻鐘。現在打電話給警察就太荒謬了，而且，要說什麼呢？一個消失不見的人影？我幾乎可以想見，那條子來我家搜尋不到任何線索，冷嘲熱諷地說：志村先生，或許您在另一個次元已婚了吧？還是說，您以為看見了理想的結婚對象？（然後，逼近我，披上心理醫生的白袍：）年輕時，您也曾被一個女孩拋棄，是吧？您想將她美妙的形象完好無缺地保存在腦海深處；然而，如此強烈的記憶沒停放好，在您的腦子裡引發嚴重壅塞……還是說，有位傳說故事中的仙女選中您家住了下來？每個人都跟您一樣，志村先生，為了試圖解困，大家都看得見仙女。然後，自以為是的，以一種狎膩放肆的語氣，露出適度得體的笑容，對我吐露他的小小想法：承認吧！那是個妓女或援交女，不然就是一個您曾經迷戀後來厭倦了的按摩女，對不對？這很符合人性，她走投無路，就纏著您不放；而您藉著報案稱她私闖民宅，強盜偷竊，就能把她給甩了……

不！我不想聽這類窮極無聊的八卦廢話。我需要證據。警察不會捕風捉影……我暫時關閉螢幕上的廚房視窗。同事們打開了辦公室的窗戶，幾十隻知了大合唱立即一湧而入。混帳。緊接在牠們後面的，是反覆叫著聒聒聒的聒噪烏鴉。凌駕這場大合唱之上的尖銳獨唱，是浦上天主堂的鐘聲，還有追趕仙女的警車汽笛響。

下了電車之後，蟬鳴依舊糾纏不休，放任風暴女神在我頭上拍動翅膀，手持沙鈴不斷在我耳邊搖晃。我看不見牠們，步伐節奏被牠們左右，愈走愈瘋狂。我害怕走進家門。遠遠看上去，門鎖似乎沒被破壞。真的可以放心嗎？我不敢說。太田老太太始終監視著一切，看見我呆立人行道上，便出聲喊我。偶爾，她會像這樣招手要我過去，然後我們就東拉西扯地閒聊幾句。有一天，她說我讓她想起她兒子。同一個世代，行為舉止同樣是一副舊時乖寶寶的模樣。不過他是個父親，一家之主，住得遠，一年只來探望她一次。如果我死了，他才會來第二次，她開玩笑地說。我始終對下午發生的事耿耿於懷；既然她總愛加油添醋講左鄰右舍的閒話，我期待她能用戲劇化的語氣告訴我：我看見了！她從你家走出來！但是並沒有，她依然只想扯些有的沒有的；結果，我終於忍不住開口問她。但從她挑高眉毛的樣子看來，我明白她並未察覺任何異常。她幾乎怨恨起自己：可是我明明一步也沒離開過這裡，只有早上出去買了個菜而已呀！那麼，難道是我在做夢嗎？螢幕上那個形影？網路攝影機全天候掃視廚房系統櫃，是不是總有那麼一剎那，也會拍下住在當地的神靈？或者是鬼魂，在以為荒無人煙的空間進進出出？說不定，時間久了，攝影機的「視網膜」變得比較敏銳，能看到人類的眼睛所辨別不出的東西，就像狗兒聽得見主人的耳朵捕捉不到的超音波？就在我準備離去時，太田太太斜眼打量我。為什麼呢？為什麼我今天應該要看到什麼人呢？您家裡有訪客？聽她這麼說，我擠出個尷尬的表情，輕輕嘆了一口氣，微笑說：

「我想我得了疑心病。以前雇用過一位家事清潔員，我猜，她保留了一把備用鑰匙。今天早上，我看見她在這附近徘徊，所以……」

「人都很容易就染上疑心病。」
「尤其在我們現在這種時代。」
「不過，您雇用過家事清潔員啊？志村先生？」
「呃，沒用多久就辭掉了……」
「您覺得不太可靠……」
我大腳一踢，解除了危機。我編造出一個說得過去的理由，刺激她，而非請求她，在以後的日子裡加強警戒。祭拜哪一種神非要用優格、漬梅乾或飯糰來當供品？雖然我從小在天主教家庭長大，但仍按時去附近的神社供養我們的神明，從來沒想過祂們會到人家家裡來自行取用。
「對了，也許我之前曾經看過她喔，您那位家事清潔員。大約一個月以前，大白天的，我在您的廚房看到一個身影。那時我心裡還『耶？』了一下，然後我想起您有位妹妹，偶爾會來拜訪您。說不定他有交往的對象呢！我心裡也這麼想。說不定他正在跟誰交往。」

她那張玩具娃娃似的臉孔顯得溫柔慈祥。顯然，太田太太希望我幸福；但我駁斥了這個說法，不好意思地笑了笑，這副笑容應該要能掩飾我的尷尬。

「我當時還以為……注意，是當時，志村先生。也是為您好啊！您應該交個女朋友的，要不然，您老了之後就得一個人過著寂寞的生活……」

拉開門之後，我注意傾聽了一陣。感覺一切都陌生。要不是太田老太太下午的注意力鬆懈了，就是我瞥見的那個形影從後窗逃走了，瞬間遁形，像一名忍者那樣，化身成一個點，或以同樣的方式，忽然之間，無聲無息地消失無形。我迅速檢查了所有窗戶，發現客房裡有一扇沒鎖上。是了，她的確大可以躲入這個房間，這裡的窗不面向任何鄰居家，完全不會被太田太太之類的人發現。窗外只有對面的山丘，一片片灰色屋頂宛如盔甲，總叫我想起某種怪獸的鱗甲。而這頭怪獸沉睡著。我扣上插梢，發誓每天早上一定要確認所有窗戶都開關不了。窗帘放下之後，我感覺自在多了，即使還隱約警覺著什麼人。我胡亂想著太田老媽媽上個月看到的那個身影。夜愈來愈深，我的思緒也愈發凌亂。無法彙集成一個合情合理的整體。再想也沒有用，我乾脆替自己準備一份簡單的晚餐。為此，我付出了開啟冰箱門的代價。因為，再一次，又有一罐優格不翼而飛。我所累積的線索已足以列出那位不速之客的飲食清單。實在太荒唐了。簡直有點太瞧不起我了。這裡已經不是我的家。

一個又一個的，我拉開客廳和臥室所有抽屜。沒有東西不見，幾件值錢的物品都還在。照理說，這項事實應該讓我放心才對，但結果反而只加深了我的不安。我面對的是一個不尋常的狀況，我感到恐懼的陰影爬上心頭。她到這裡來做什麼？有天晚上，英國女王發現自己跟一個陌生人面對面，就在她的房間裡。那傢伙騙過了皇宮周遭所有需要騙過的人，從窗戶爬入，然後，溫馴地等候女王回房。就這樣而已，只想說幾句話。所以，難道我也有了個粉絲？像我這樣的凡夫俗子，無名小卒，難道竟也有權利擁有追星族？前天，休息時間，我上臉書去釣（女）朋友。每次提出邀請時，我總這麼寫：如果您也來自島原市……，或者：如果您和我一樣，也住在長崎……宛如大海裡撈針……這樣的搜尋方式僅憑偶然，令人厭倦；尚未真的找到心靈相通的知交或表親，我已經嚇出一身雞皮疙瘩。我打上兩名演員的姓名。最不起眼的，出道後短暫紅過的兩個過氣演員。始終只能演出黑道電影的兩人，竟然各自擁有三到四千名粉絲，我頗受打擊，深感氣餒。

算了。兩罐冰涼的Sapporo啤酒下肚，一切都好多了。我不再覺得有必要打電話給妹妹。我開了電視，瀏覽各臺頻道，在一則關於石黑浩博士的專題報導上停留了幾分鐘。這位研發自動機械的學者製造了一個跟他一模一樣的機器人。節目旁白說，二十年後，許多仿真人面孔（女性！）的機器人將占據接待員的職位。但是，專家學者推測，最困難的是克服「恐怖谷」現象——注意到人面機器人的樣貌並不與我們完美相似而產生的一種不舒服的感受。不是「一家人」。大概是為了爬出那座恐怖谷，我轉臺到一個遊戲娛樂節目，從新潟直播。

然後不知昏睡了多久，直到被那則廣告驚醒。**強效保濕抗老四步驟！**距離魯鈍的我約兩公尺，一位紅髮美女高調宣揚。恐怖谷裡親切可人的接待小姐啊……我在榻榻米上躺下，不過，當我與平常每晚一樣，細數一個理想世界所該遵行的黃金定律，試圖藉此入睡時，無效。徹底失敗。頒布法規又有什麼用，今夜，我的夢幻度量衡社會未能發揮絲毫鎮靜效應。後來，連連噩夢打斷我的睡眠。潛意識爆發。過往舊事，那些被深埋起來的缺陷，突然熾熱亮白的名字，一一回到我的腦海。比鶴，麻里子，富美子，被遺忘了的女神們，個個帶著嘲諷的笑容走過，對我說：我們一直都在，你想趕走我們，沒那麼簡單。等我醒來後，她們應該早已返回遺忘冷宮，然而，一如往常的，每次都給我留下一層薄薄的焦慮難安。

出門前，我確認了攝影機運作正常，所有出口都已鎖上。很顯然的，那個女人想必是去複製了一把鑰匙，而如果她還是要再來的話……對我來說，唯一的辦法，就是鍥而不捨地監視。經過一個上午的努力追蹤，我逐漸放寬心了些。我已事先仔細檢查過，家裡所有門窗緊閉。沒有人能進來。穿牆人也領不到穿行證。我恢復自信。緊守辦公桌前，寸步不離，我幾乎又能正常工作。沒有人來打擾我，行程中沒有任何會議。我在上班途中，就在山下的全家便利商店買好了一個便當、一盒醃漬梅乾、兩罐麒麟啤酒，預備在午休時間，同事都出去之後，獨自留在座位上享用。現在時間是十一點三十分，一切都很順利。一切本該如此順利地持續到下班。突然間——為了更改內海最新氣象圖，我的視線曾離開廚房幾秒鐘——我驚見一個形影，與昨天看到的那個十分相似。但是這一次，她沒動。她怎麼可以？見鬼了。我一頭霧水。她站在溢滿陽光的窗邊，替燒水壺裝滿水。我抓到她了。未多加思索，我拿起話筒，撥了緊急報案號碼。警察局嗎？我大聲問。因為說話太大聲，所以沒注意到我在辦公室引起多大的騷動。平常就算天塌下來也不會將視線從電腦螢幕轉開的同事（為什麼還要研發昂貴的機器人呢？他們不是早就存在了嗎？），個個伸長了脖子，挑高了眉毛，互相交換眼神，全因為聽見那個字眼用慌張急忙的語氣說出來：**警察局**？彷彿我們部門裡剛發生了一件謀殺案，他們剛好沒看到，卻從旁偷聽發現。警察局嗎？我名叫志村公房（然後說出了我的私人地址）。剛剛有人自行進入我家（我特別留意，沒隨口加上『喝杯茶』）。就是現在。我正在監視她——是一位女性——透過網路攝影機。不，她看上去沒有武裝，也沒防備……我正在上班，辦公室在城的另一邊。不，我沒辦法迅速趕到，請用萬用鑰匙或其他東西打開大門，並且隨時讓我知道狀況……是，當然：我會去派出所報案，大概再過兩、三個小時左右。

我掛斷電話。我座位附近的同事都圍上來，眨著眼睛，幾乎很抱歉他們不得已聽見了談話內容；他們不是故意的，也不應該聽，但是狀況太不尋常了。他們一定很希望我能提供足夠的資訊，以解好奇之渴；這樣，晚上回到家，他們就有好料可爆。他們都很守分際，不斷發出喔！啊！表示同情，但其實我一點也不需要。所有人都偷瞄著我先前放大了的廚房視窗，看著女人的側影；而她並不曉得我們一群人在看她，也不知道自己已經瞬間爆紅。然後，從我晦澀難懂的話語中，他們聽出我並不打算說明一切，於是輕輕搖頭，逐漸退開，總算讓我一個人清靜。根據電腦上的時間顯示，我掛上電話後又過了三分鐘。

而她仍在那裡。這會兒，沸水已降至適當溫度，注入茶壺之中，冒出一股熱氣。她倒光了我的番茶——晚上喝的茶，不會讓我睡不著——茶葉收在去年我從箱根買回來的細木鑲嵌茶罐裡。氣氛比昨天稍稍好過一些；蟬鳴降低了一個音；而我對家裡正在發生的事情完全搞不懂。一切都那麼平靜。畫面上是你原先可以擁有的兩人生活，而員警卻即將把它中斷，我心想。你胡思亂想，閃過一個念頭。但願她不要離開那個地方……如果她正在給自己準備一頓餐，那麼，她還需要一段時間，總之，足以讓他們把她逼入圈套。她在那裡，像一頭小鹿在林間空地中央，渾然不覺自己已被野狼盯上。時間一點一滴過去，我屏氣凝神。她玩完了……然而此時，天上雲朵散開，陽光灑滿整座廚房。正忙著淘米放入電鍋的女人擡頭望向窗外。對她來說，這早晨的陽光是多麼和煦！散發著多麼溫暖的恩澤……不鏽鋼水槽閃閃發亮。她本來露出大半邊側臉，突然，我只注意到她琥珀色的頸背，優雅的脖子宛如出自陶藝家之手。而這細沙色的脖子俯低，彎向包藏著兩座小沙丘的胸膛。女人擡頭望著窗玻璃上方奇蹟般的太陽。她瞇著眼，讓這來自上天的禮物將她整個包圍；她的臉，看上去已經不年輕，應該說毫無迷人之處，此刻正毫不忸怩地迎接著陽光，一道又一道，只照在她身上；一道道光芒，不知道什麼時候，從距她五千萬公里的那顆恆星出發。噢！在這一瞬間，對她來說，迷人與否，年輕與否，一點也不重要了；我知道她一定這麼認為。她以為這裡只有她獨自一人，而一切都令她開心。雙眼始終半閉著，她微笑起來。而那時，我心想，她應該輕嘆了一聲，忘卻了天知道哪樣的恐懼和痛苦，完全放鬆忘我。或許，她甚至感到幸福。要是她知道！噢！她的微笑……忽然，她的微笑令我十分內疚。我拍打電腦螢幕吸引她注意……我做了什麼……我抓起話筒。第一聲鈴響起，她轉過頭，彷彿從一個美妙的夢境被拉出來。然後，很快地恢復先前的姿勢。快接電話啊！快點！我必須堅持不斷線，直到她明白這通電話是打給她的為止。我頑固起來；沒辦法。她怎麼可能會去懷疑呢？如何想像得到，我本人，親自把她拉進一個陷阱裡，卻又急著在她完全被困住之前把她救出來？她監控著煮飯的進度和泡茶的時間，不顧我那通電話。第十響，第十一響……對她大吼：快滾！趁他們還沒趕到，而且別再回來了！或者，更簡潔有力的：他們來了！她總會懂的。我瞥了手錶一眼。秒針跑過一圈，時間不會暫停。女人趁著雲朵尚未飄來，享受陽光照拂；而我只想對她大喊快點！要不然，妳很快就再也看不見它了，妳的太陽……

氣惱不已的，我終究掛上了話筒。既然妳喜歡警察，那就儘管等吧！妳還可以請他們喝杯茶，預先準備三、四個茶杯，妳知道杯子放在哪裡。沒有什麼可做的了。分分秒秒一點一滴地過去，雲朵漸漸遮蔽了天光。她專心吃飯，又喝了一口茶。現在，她的眼睛張得大大的，笑顏逐開，而陽光正在消逝。要是我再試一遍呢？她去接起的卻是顫抖驚懼。這時她停下了動作。小鹿發現了危險。現在，她往後退，臉上變換了表情。後退，退出了攝影鏡頭。她有足夠的時間逃跑嗎？

*

後來，一位探員打電話給我，根據他的描述，警察抵達時，我家的門是鎖上的。沒有一扇窗開啟，讓他們感到十分驚訝。他們強行打開門鎖，尚且策劃著不對房子裡的任何人動手。但是，一切都關得好好的。他們以為這是謊報，差一點轉身就離開。開這個玩笑的人可要付出昂貴的代價，志村先生，他故意提醒我。但為求徹底放心，他們還是搜查了每個房間。結果，在最底端那間榻榻米和室，我們一位夥伴找到她了：就在放床墊棉被的壁櫥深處。起初他什麼也沒看見，因為她爬到上面那層，縮成一團躲在黑暗中（他沒把門全部拉開）。她像一頭嚇呆了的小獸，僵在原處，一個音也發不出來。沒錯，她整個人就退化成一隻動物，盡可能地蜷縮，警員從未看過這樣的場面。

接下來，探員問我打算甚麼時候去警察局一趟，愈早愈好，需要讀起訴書並簽名。我無法即時回答他，反應總慢半拍；下午接近傍晚時吧！我會盡快。

女人從我的電腦螢幕上消失了（應該剛好就在他們撬開門鎖的時候）。許久許久，透過那個令人昏昏欲睡的小視窗，多大？10×15公分？我的雙眼仍注視著家裡的廚房。結束了。鏡頭中央，攝影機彷彿什麼也沒發生地繼續拍攝；而餐具，流理檯上的小家電，仍痴痴等著不速之客回來。不速之客，不然該怎麼稱呼她？她泡好的茶，白色橢圓形像顆駝鳥蛋，或小矮人太空船的象印牌電鍋，她在上面殘留了幾枚指紋，還有，毫無疑問的，一些老死細胞。儘管細胞已死，其中仍鑽滿原子，而原子中的電子和它們的夸克及質子群也都不安分地竄來竄去；從我們身上脫落的這些粒子之物理特質可能蘊含著一切事物之關鍵。宇宙與生命之關鍵。因此，或許，若我有一天想好好解釋家裡發生的這件事，我應該從現在起就把這些死細胞蒐集起來，並好好加以研究。

我費了一番功夫才脫離這魯鈍的狀態，其中攙混了我的哀愁，合成一種怪誕的感受。我的哀傷可不是隨隨便便強說愁：那是身為大製片家，甚至，有好幾個女人在與我分手時曾形容我的，大探險家的傷感。當然我還不至於一看見電子鍋就哽咽啜泣，何況有個同事剛問了一句敏感的：結果呢？本來我大可以回答說他們剛在我家逮捕了一名女子，已上了點年紀，當時她正準備吃白米飯；但我卻改採另一種語句，用上入侵、擅闖空門，甚至強盜打劫這種字眼，刻意不去補充說明：事態完全不明朗，我並未因而放心，這令人困惑的狀況反而更加深了我的不安……

他們逮到她的那個房間在走廊最底端。這道走廊沿著分隔我家與鄰棟的小花園延伸，花園裡只種植了兩株灌木，兩叢小花，一柱石燈籠。那是一間六個榻榻米大的和室，我鮮少進去，僅預留給來訪的親友過夜，而其實他們根本沒來過。在她用來避風頭，希望躲過員警搜查的壁櫥裡，我只在下層放了床墊、棉被和枕頭。上層則什麼也沒有。至於房間本身也是空的。僅有一座床頭燈、黑檀木、白和紙，守著這一片空蕩。但這盞燈幾乎從未亮過：最後一次來訪的客人是妹妹和妹夫，而那也是一年以前的事了。

＊編注：風暴女神（Harpie）出自古希臘神話，人頭鳥身，在某些故事版本中，她們不斷搶走菲尼亞斯（Phineas）手中的食物，使他無法進食。

「二〇〇八年，
七月十七日，十八點十分，
寺島雅子，吾等服務於長崎，
值勤期間，證實以下具名者到場宣稱：
……『當天，上午十一點三十分左右，我正在長崎氣象站工作……』
……本文件經聲明者本人閱讀、確認並簽名。」
我開始閱讀詳情細節。一個我還不認識的女人，是一名女警，今天一早就把我吵醒。她的職責是用顯微鏡檢視我的生平，撰寫一份檢驗報告，且非常細心地執行這項工作。早上近中午的時候，我在電話中毫無次序地胡言亂語，她都眼明手快地攔截下來，重新抄錄。是的，我人生的一個環節，微不足道，但我知道，對我來說，直到我生命的最後一刻，這一環都占有一席之地。而雖然我只是個無名小卒，她卻充滿熱情地完成了這項任務，我真想向她道賀。我很感動。確實是這樣沒錯。我慢慢地讀，輕聲地唸，但感覺得到：在看似好奇的表面下，她其實有點不耐煩。於是我簽了名。然後，我問了她幾項關於不速之客的事。「您一定會大吃一驚的，志村先生……這真是件很特殊的案子……而且，媒體已經搶進主導……」媒體？她點點頭，以同樣的語氣又說了一次：「媒體，」然後把那個女人的偵訊報告遞給我。

「指稱者……坦承……」

那個溜進我家的女人，在她的發言，在我眼前這些紀錄文句背後，我聽見遠方傳來救護車的警笛，烏鴉聒噪，還有尖峰時間電車關門的警告顫音。您一定會大吃一驚，志村先生……

窩藏在我家的女人已經五十八歲，資料上寫著；她比我大兩歲。當她出現在我的電腦螢幕上時，我以為她比這歲數年輕些。至於她的姓氏，跟我的一樣，滿街都是。她是一名長期失業者，長期沒工作，長到已喪失當失業者的權利。以前，她住在離這裡很遠的一區，我應該只去過兩、三次。沒有收入之後，她中止了公寓的租約。然後，她無法忍受在熟識的區域當街友遊民與乞丐，於是決定離開。

但是這一切與我何干？我擡起頭，以狐疑的目光望向女警。「請繼續讀下一頁……」她一定覺得我讀得太慢——我的確不常閱讀，而且，我一直試圖去領會所有細節，想找出一個能說明這些事件的線索……她總算還是接手，用三十歲女性那種尖聲尖氣的音高替我朗讀。或許，她很想把一名氣象預報員在生活中無法預測之事都告訴他。於是，她以說故事的模式起了個頭：有一天。

「有一天，她經過您的家門口，您正好要出去。她發現您沒鎖門，於是在較遠的地方停下來，假裝等電車，其實偷偷觀察您。一大早的，您看起來就像個正要去辦公室的上班族。您沿街走遠，從她的視線中消失。天氣並不很熱，雨點開始落下。猶豫躊躇了一陣子之後，她下定了決心。她上前敲門，無人回應。於是她想，她可以進去。然後她就進去了。她站在玄關，戰戰兢兢地警戒了一會兒。她別無所求，只想找一個乾淨且夠溫暖的地方休息一下。而今，她想要的都有了。」

「溫暖？我的暖氣在三月分就切掉了！」

「而我跟您報告的是十月分的事。事情發生在去年秋天。請不要擅自打斷我，拜託您……從您的外型及穿著看來，她推測您有一份差事，出門後整個白天都不在家。她進客廳坐下，喘口氣：就在這兒，沙發上，小憩一下。之後，她就會離開。她的身體終於能放鬆。因睡眠不足而精疲力盡的她昏昏沉沉地進入夢鄉。再睜開眼清醒時，她驚跳起來。她人在哪裡？她想起來了，伸長耳朵靜靜聽了一陣，卻什麼也沒聽見。什麼？已經過了三個小時⁉管他的。她覺得舒服多了。白天差不多過了一半，她已經萌生不想離去的念頭。畢竟，這種感覺真好啊！有個屋頂，在屋子裡……再一下下就好……離開這地方後能做什麼？去哪裡……？她已經沒有家人，與這世界的最後一道連結是幾位老同事。但她不敢重拾這份關係，因為她的生活狀況不稱頭。在廚房裡，也就是您後來用網路攝影機逮到她的地方，她泡了第一杯茶，並打開了冰箱門。」

「在壁櫥的上層，也就是警方抵達時她躲藏的地方，員警們找到一張鋪開的草蓆、一條棉被、兩個塑膠瓶、幾樣盥洗用品和些許換洗衣物。我必須告訴您，志村先生，雖然您這會兒應該已經明白了：在您不知情的狀況下，這名女子在您的房子裡住了將近一年，就在那個，根據她的指稱，您從來不去的房間裡。沒錯，將近一年。請注意：她並不是只選中您的房子當住所。另外還有兩處住址供她偶爾藏匿過夜。首先是一位單身商務差旅人士的房子。他經常不在家，並習慣把未來幾個星期的行程記錄在日曆上，且貼掛在廚房明顯的位置。她可沒忘了要記清楚……同樣的，她還在一位耳聾的老太太家築巢。那位老婆婆自從成為寡婦後，所有作息都只局限在地面樓層。她複製了一把鑰匙，從此任意進出，無論傍晚或深夜，只待老婆婆進後屋睡覺。然而，她也坦承了，她大多數時間都在您家裡度過。在她心目中，另幾處巢穴僅是替代方案。」

將近一年。突然，我再也聽不見女警說了些什麼。我腦子裡一團混亂。我記起所有那些晚上，那些深夜，那些我以為我獨自一人，全世界都被隔絕於外的時刻。被護衛在一個泡泡裡。地穴，山洞，窩。我五味雜陳，一股憤怒鼓譟著，但不知究竟可把怒氣發洩在誰身上。對，這樣的情緒翻騰洶湧，或許有三十秒，感覺永遠過不完的三十秒，外在的嘈雜——女警說話的聲音，辦公室忽然冒出的喧鬧，蟬鳴，警笛——全都混成嗡嗡震響，以致於我眼前只見一群群蜜蜂，不，應該說是蜂窩裡的一個個六角形的蜂房。一切變得灰黯，閃著光，扎人眼睛。我全身顫抖，愈來愈強烈，連手指和腳趾都抖動起來。我的情緒超出極限失控，感覺不到痛，只感到自己正在離去，去哪裡？不知道。後來，我總算成功呼吸到一口氣，再一口，深長一點；難受不適之感逐漸消散。對著我說話的女人，她的聲音本來已經詭異地飄往好遠的地方，現在她又回來了。我重返現實。

「她從去年秋天起就住進您的房子。如果在這麼長一段時間內，您都沒察覺到任何異狀，那是因為她低調求生的方式已達到藝術的境界。然而，日子久了，想必她也覺得愈來愈能掌握情況，安穩自在起來。您也注意到了，她不時從廚房取走幾樣東西，一心以為，和其他的一切一樣，這件事也不會被發現。」

「還是回到她初次到您家那天吧！她檢查了每個房間。有些東西是瞞不過人的，她立即曉得您一個人獨居。她這裡看看，那裡看看，沿著通往浴室的走廊，發現了後來被選為棲身之處的地方。事情就是這樣開始的，她說。她拉開壁櫥，檢查了內部。下面那一層，所有東西都折疊得整整齊齊，彷彿從一開始就從沒用過。那是一個多出來的房間，空等訪客到來。她突然有一種領悟：這個地方自始至終就是在等她。陽光穿透了雲層，敲擊在窗上。她微微敞開窗戶，太陽在藺草榻榻米上畫出了一個暖暖的長方形。她坐入亮光中。好舒服。圓滿無憾？總而言之迷迷糊糊的。時間就這樣過去，而在她腦子裡，各種念頭排列組合，最後只融合成一個：留下來。留一會兒。陽光如此和煦，灑在榻榻米上，令她想像住進來的狀況。今天晚上，她可以試試睡在壁櫥裡。於是她去沖了個澡，好久以來的第一次。把自己弄乾淨之後，彷彿突然回到年輕的時候。這是她親口說的。她決定在您的房子裡過一晚，慢慢恢復體力。稍晚之後，棲息在壁櫥高處的窩裡，她聽見您進門的聲音……」

*

他們把從她身上搜到的複製鑰匙交還給我。我點頭向他們道謝。反正，今晚就得把門鎖換掉，而這把鑰匙也就沒有任何用處了。回到家時，天也開始黑了。海灣的另一面，路燈與車燈沿著海岸線，點綴出一頂閃亮的王冠。我沒開燈，在客廳裡站了一會兒，等待自己提起勇氣打開廚房的門。然後，我辦到了。天光即將黯淡。現在，還照得出物品的輪廓：茶壺，還剩了半杯番茶的茶杯，電子鍋和一罐優格。警方沒有碰它們。而在櫥櫃的玻璃門後方，攝影機鏡頭監視著我。只持續了一秒，但已能讓我想像：有個人透過它來觀察我的一舉一動，同步即時，並拿起電話，通知警方我出現在他家裡。他們在廚房把我逮個正著，然後送入大牢。接著，那個男人回到家，把我挪動過的這些東西放回原位。而在此同時，另一個傢伙，他自認為是這個地方真正的主人，則用網路攝影機監看那人的動作，並也拿起話筒撥號。

狀況並非如此，實情是：在我電腦螢幕上一再出現的雌性尖耳魔怪（gobelin）落入了我的圈套。她今天早上留在流理檯上的物品令人聯想成一張顯影未完成的照片。這幅器具構成的靜物畫有點像瓦斯中毒的赫庫蘭尼姆城（Herculanum，被火山灰掩埋的古羅馬遺蹟），讓我驟然心生恐懼。透過某種組合現象，不知怎麼回事，它逼我檢視自己的過去。所有那些已逝的日子，我完全沒存留下絲毫記憶……比方說，二〇〇六年十月十日。那一天，比起二〇〇三年三月一日，我有多做了什麼嗎？是否做得更好？在氣象學的領域，對於天空中所發生的事，我養成了優秀的記憶本領；但是，我自己，天空下這裡的我，我殘留下了什麼？

還不僅於此。在我的良心意識裡，有一扇「透氣孔」因那個女人的出現而開啟，現在我看得比以往清楚。我明白，對她和對我而言，儘管她還不瞭解我，我也對她一無所悉，同樣的那一年，我有了轉變，我變得和以往不完全一樣了。哪裡不一樣？我不知該如何界定。僅知我無法全身而退。透過客廳的落地窗，看著沉沉入睡的城，我望向比人生更遙遠的地方；比一段單純的人生更遙遠許多的地方。我努力校準線條，一點一點地拉近焦點，最後只看得清出島（Dejima）的木造房舍——港內的古老人工島上的鐘樓與附屬建築。整整兩個半世紀之久，與日本帝國有貿易往來的幾位外國人都被軟禁在這座島上。在那整段時期，始終僅有幾位——幾名水手與幾個荷蘭商人。而這些歐洲人從未能踏上陸島，儘管只在幾公尺之外。今天晚上，我大概是特別容易產生奇怪的念頭；因為，我忽然覺得，長崎長期以來宛如一間壁櫥，處於日本這座遼闊寓所的底部；整棟房子由四個連串房間組成：北海道、本州、四國與九州。而在這兩百五十年間，可以這麼說，日本帝國始終假裝不知道有一個窩藏犯，名叫歐洲，住進了這間櫥櫃裡……然而，多少技術、創意、知識，就在這個雙層空間裡短暫駐足，互相轉移？在那鎖國冬眠的時代，出島改變了我們多少看待事物的方式？我擔心，對我而言，我家的壁櫥以及它在我羞澀的生存中所引發的一切，將把我沖入開闊無垠的生命汪洋，紊亂我的步調，使我變得不堪一擊。

我點亮廚房的燈，把所有東西徹底清洗乾淨，放大收音機音量。電臺正在播放一首老歌，歌詞唱的是有人死去，有人則繼續向前。要是我有這種運氣就好了！若有一個傢伙從櫥櫃玻璃門後方窺伺我，打電話給我，警告我有哪些暗礁會對我造成威脅……我發誓，我一定毫不猶豫地接起電話。但是話機固執地悶不作聲，在它的袖珍螢幕上，僅顯示著一通「來電未接」，與我試圖警告不速之客的時間吻合。

接著，我來到壁櫥前方。兩片兩公尺四十公分高的門板，一前一後安裝在軌道上，供人拉動。層板距天花板僅八十公分。深度？剛好一公尺，一公分不多。內部全部木裝。靜態豪華臥鋪車廂。警方什麼也沒碰。床墊，皺皺的床單，塑膠水瓶。跟警察離開時，她應該只帶走了盥洗用品和幾件換洗衣物而已。枕頭下方，我找到了我上個星期在書架上沒找到的小說《醜聞》：某一頁紙被折了一角，應該是她的閱讀進度；書頁上，遠藤周作寫著：「無預警的，他人生最中間那幾個齒輪就失調了。而原因再清楚也不過。就從那一夜起……」白痴，我心裡罵道。因為我剛剛竟然動念，想把書寄到監獄，好讓她能夠讀完。其實她的鼻子很靈，因為我家根本不會有訪客住進客房。我的父親太老了，不再出遠門。至於我的妹妹和妹夫，我等他們已經不只一年。我又想起，今年五月初，我曾去她家住了幾天；在那段期間，那女人想必很輕鬆自在。搞不好她還到榻榻米上來睡覺。今晚，她一個人在牢房度過嗎？我拉上門板，倒退離開房間，因為有人按門鈴：是鎖匠。

時間漸晚了，我把電視音量調成微弱，傾聽世界的聲響。心裡什麼也不想。一個知識頻道繼續報導老人和幫助老人日常作息的機器人，在未來，總有一天。又來了！這已經變成一套老掉牙的陳腔濫調。但是，在過去三十五年內，百歲以上的長者已從一九六三年的一百五十三人增加到一萬人；而到了今天，日本列島上總共有三萬六千兩百位百歲以上的老人。以上數據來自一位年輕的記者，西元二〇八〇年之前，他還不需擔心會成為其中一員。簡直是一場全面入侵。今年過一百歲的老人將獲得首相頒發的一座銀盃。當然，田鍋又被拿出來討論。真是可笑極了！又把焦點放在他身上，只因為他已經年滿一百一十三歲了，這傢伙……田鍋每天早起讀報，田鍋每天早上喝牛奶……他變成我們的全民寶貝，搖籃上方，攝影鏡頭全天候對著他照。我想像自己，約五十年後，達到符合標準年紀時的模樣。在巴西或剛果的礦坑，鈳鉭鐵礦、錫石，或其他稀奇古怪的礦石，那些製造我的機器人所需要的元素，都等著人們去挖掘。那個隨時監控我機器人的人會來找我談話，採集記錄我的遺願，然後，有一天，因為程式就這麼設計，它會把一隻手放在我的肩膀上，柔聲呼喚我的名字；然後，同樣這隻手，會撫過我的雙眼，我的嘴唇，撥一個緊急號碼，啟動喪禮程序。我關掉電視，屋裡頓時一片漆黑；我仔細凝聽各種聲響——最後一班電車，遠方的車流，斷斷續續的蟬鳴，風吹過竹林所發出的和聲，以及，雨水滴滴答答，如時間一般沉重。

*

我尋求睡意，打算從側面出擊；但有個想法不斷浮現，揮之不去。那個女人，在幾百個夜裡，就位於距離我幾公尺的地方，她大可起身趁我熟睡之際把我殺掉，一刀斃命。對於她的過去，性格，行事邏輯，在此生根，弄髒我的床單，用我的毛巾擦拭，在我的馬桶裡大小便，我一無所悉，實在不想放過她。我任她隨意支配，但她可曾起心動念，想像過她可以輕易做掉我，沒有理由，然後逃之夭夭，不受任何制裁？我於是憶起江戶川亂步的一則作品，敘述一個男人暗中住在一張長沙發椅裡面的故事。最後是不是以謀殺收場？我忘了，也不重要。有好幾個月的時間，我生活在江戶川亂步的小說裡，但現在回想起來，我並不希望任何人有這樣的遭遇。她之所以沒殺我，想必是因為她想找一個安靜、有人住、保養得宜的地方，可以步入一段荒謬無理的冒險，不需太擔心害怕；同時，或許，等待陽光亮起。所以，她既非死亡亦非恐懼。她應該與普羅大眾無異，微不足道。

　我一定得睡了。平躺著，彎著腿，我還以為自己已沉沉入睡。然而，有個念頭強行闖入我腦海，鑿沉我的努力意圖。若現在有個女人躲在屋子某個角落呢？黑暗中，這荒謬的想法使我兀自笑了出來；然而，我想像每個櫃子裡都躲著一隻舊愛的鬼魂；彷彿，當場被逮的那名女子化身一道天雷地火，來自極為久遠以前的某次一見鍾情，就說是年少青春時吧！但我並未認出來。我決定絞盡腦汁把昏昏欲睡的記憶清理乾淨。半夢半醒，沉重灰黯如一朵肥厚的雲，夜不成眠造就了這些古怪的念頭。而我這一覺備受胡思亂想折騰驚擾，或許就像暗夜渡海，漆黑中，汪洋上，雷電交加。

女子窩藏長達一年之久

他訝異地察覺食物從廚房自動消失：南區一名五十歲左右的獨身男子架設了一套攝影機，確認有一名陌生女子趁他不在家時在他的屋子裡走動。

屋主從辦公室監視自宅時捕捉到這名不速之客的畫面，立即通知警方，以為她是強行闖空門的強盜。員警拘捕了一名女子，她住在一座未經使用的壁櫥，裡面鋪了一張草蓆，擺了一些衣物用品。

「我沒有容身之處。」這名五十八歲的失業者說。根據警方的說法，她暗中窩藏該處已將近一年，期間偶爾以另外兩個寓所替換，亦在那些屋主完全不知情的情況下居住生活。

我放下《長崎新聞》，這份報紙我從來不買。拿報紙給我看的同事們都對我表達尊敬與友善之意。一陣靜默之後，他們輕輕點頭，彷彿在說是啊，是啊……我一點也不在乎，倒很想告訴他們，在讀這幾行字以前，我的生命曾起了一些變化，而事情已經結束了，這場偶發意外已經終結。但其實，什麼都沒了結，意外才剛開始，但我不想讓任何跡象冒出頭。我回答了他們的問題，扮演著雙重角色：受害人，以及短暫的話題明星。而他們則跟我講些玩笑話，逗我開心。「忘恩負義的傢伙！您是不是耍了什麼詭異的手段把老婆趕出門呀？志村先生。您用警察來當墊背對不對⁉」我對說這話的人笑了一下，但僅點到為止，不想鼓勵他順著這條邏輯發展。大家重回工作崗位。遠方那個濕暖的窩穴裡，南中國海上，有個颱風孵化成型，不久後，很有可能換我們全員接管。我無意識地按了滑鼠鍵，打開廚房視窗。窗外，高高棲息在樹梢上，鳶鳥不斷發出「kiii、kiii、kiii」的聲音。我從沒注意過牠們的叫聲，也未曾留意看牠們飛行。那些「kiii、kiii」，讓人猜不透牠們究竟是懷有敵意，正在預測下次俯衝攻擊的成功率，還是說，那只是牠們的守夜之歌。

一整天裡，同事們仍不時挖苦我一下，不過都基於善意，無傷大雅，搞得我破例讓步，答應下班之後跟他們一起去酒吧。「既然，現在，您已經是單身了……」，「幾杯啤酒下肚，您會好過些，志村先生……」。夜班交接之後，我就跟他們走了。他們的聚會基地在濱町商店街附近一棟小建築裡。圍著吧檯五張椅子，不多不少；而他們應該也知道，因為我們剛好五人。以往，儘管邀約不斷，我從未加入過他們。「總算辦到了！」這一小群人的頭頭突然對我舉杯歡呼，笑得眼睛瞇成一條線。他可不可以別再笑成這樣，別再這麼看我？好在他忍不住非打嗝不可，才打斷他樂昏了頭的好興致。

於是我們喝酒。我喝很少，自己一個人嘛，而且既然整年都獨自一人……

「唉！」他們輪流嘆氣：「您是對的，志村先生，唉……是我們缺乏您那股勇氣……」

「什麼勇氣？」

「把老婆趕出門的勇氣！」

然後我們又無止無盡地喝，就擠在這間比運豬車還窄的得利思酒吧（Torys Bar）裡。兩盞電扇喀拉喀啦地轉動，一盞放在另一盞對面，扇面緩緩擺動一百八十度，有時從左到右，有時從右到左，彷彿搖頭不贊成我們這樣猛灌啤酒，或覺得賭注太大，我不確定。把我拉到這個破爛地方的同事們都還年輕，比早已不再青春的我年輕許多。他們與自稱老闆娘的女人打情罵俏。她名叫真知子，有皺紋，自始至終保持微笑，頭上很奇怪地綁了一條絲巾，看起來像兔子耳朵。真知子本人是無辜的，但她讓我病情加重。別人怎麼可能猜疑到我藉酒消愁愁更愁的情況有多慘？每飲一口，我就離他們遠一些，他們的笑聲就融合在一起，變得更響亮，某些時候甚至蓋過店裡的音樂。我們之中最活潑外放的幸男開始講一則他從收音機聽來的真人真事：一九四五年八月六日早晨，一個商務人士在廣島一家旅館醒來。他是在前一天才抵達當地的。幾分鐘後，他奇蹟般地在摧毀了整座城市的大爆炸中存活了下來，但整個人受到無比驚嚇。他想盡辦法回到老家，長崎。然而就在八月九日，他回到家後隔兩天，第二顆原子彈的威力把他震出了房間。而今，那一把強壯的老骨頭彷彿受到魔法保護似的，活到九十三歲了，身體仍十分健旺。他甚至剛領了一筆國家賠償金，外加利息，因為他是唯一在幾天內遭遇兩次核爆的人！

他們哄堂大笑。我則想像，有了這一筆錢，那可憐的老傢伙就可以買一個多功能機器人，照料他最後幾年的生活。或最後幾個月。

聽了兩顆原子彈的故事，我笑了很久（應該笑多久我就笑多久），然後，我站起身，以年紀為由，推說我不像你們年輕人這麼好酒力，明天還要上班呢！我撥開暖簾，帶著憂愁溜走。得利思酒吧的招牌仍在我背上映出橙紅色的閃光，而從店裡流洩出的最後一首曲子，是我這一輩人人皆知的老歌，一路伴我回家。我一點也不想立即躺下睡覺。其實我原本可以去河邊閒逛，那裡有幾家有點曖昧的小酒館；但我完全沒那個心情。我做什麼都沒心情，心差不多已死了。

拆下攝影機，簡直像兒戲一樣簡單。知道我該拿它做什麼，卻沒那麼容易。丟掉嗎？收在抽屜深處也可以啊，它又不會出來咬人。拿著它的時候，我驚訝地發現自己握得好緊，彷彿想把它捏碎。現在之所以有人會被關在鐵欄後面，都是這隻電眼的錯！意識到我竟然栽贓嫁禍到一項物品上，我怒不可抑，大聲責罵自己。粗暴起來的時候，我不客氣地對自己大呼小叫：拿這個，你還想做什麼？在餐桌中央再設下新的陷阱，等待有另一隻老鼠跟先前那隻一樣笨，跑來自投羅網？你想拍下活捉的過程？然後觀賞？這裡是你的廚房！你還以為是試鏡間喔？那你想檢視多少名流浪婦才心滿意足？直到一位合意的童話故事中的公主出現？你從來沒辦法像大家一樣，在外面的世界找到她，卻妄想她會在這裡自動現形？拜託，醒醒吧，你這傢伙，想討個老婆定下來，這輩子是無望了……

當然，吐完之後就舒服多了。吐出來的東西裡，有些字眼一直在腦子裡徘徊，揮之不去。濃稠的啤酒表面飄浮著無用廢渣。我以為沖個澡能把情緒和緩下來；然後，倦意就會上身。錯了。躺下來之後，我等了又等，就是等不到。等睡意？不，等忘記。不是忘記那個什麼也沒對我做的可憐女人，而是我突然原形畢露的整個人生，其平淡無奇，其枯燥乏味。長久以來，未曾萌生些許野心，也不再懷抱任何希望。那個女人真該死。都是她害的，帶來這一片愁雲慘霧。

消化不了反覆出現的惱恨，輾轉了兩個鐘頭之後，我還是起身。那一夜，我犯了罪。我又開始抽菸。在客廳裡，站著，打開窗戶讓空氣流通進來。過了一陣，我只覺得萬念俱灰。我倒掉菸灰，很慚愧自己又沉溺於菸癮，然後離開客廳。人一進了走廊，就像毫無預謀地就抽起菸一樣，我突然轉向改道。

我想知道那是什麼滋味。從那裡，會聽見什麼聲音。她曾聽到我發出什麼樣的聲音。我辛苦奮力地爬上壁櫥上層。她以前是雜耍演員？舞者？身手怎麼這麼敏捷。我躺在她度過了那麼多夜晚的地方。我的身體好不容易塞進這悶熱的洞穴，腳趾和耳朵各自頂碰到兩端的牆壁。但我還是留在那裡。那真是異常簡陋的住所，像膠囊旅館或太空艙。她怎麼辦到的？這麼多個夜晚？我慢慢傾聽我的房子，追蹤，沒錯，追蹤她可能留下的氣息，表示她曾到此一遊。我多麼希望床墊吸收了她的味道。印下她的形體。

外面，過去已開始泛黃。人類乾癟僵化。我所說的過去，指的是她被逮捕的時代，盛夏時節，晚上我獨自在家——孤獨一人，宛如被世界遺棄。那是三個月之前的事；那段時光似乎已經非常遙遠。我相信我想忘記，而我必須說，今年，時序進入秋天後的景象，幫了我一個大忙。因為今秋，秋意深深深入心靈。它在我們身上流淌。先前尚未出現的靜默聽命於它，降臨世界。有那麼幾天，徒步走過造船廠的人怎麼也聽不見平日的鎚打聲。不再有回音，不再有撞擊，不再有呼喊。港口裡，起重吊架不再載貨也不再卸貨。其他地方，城裡正在施行的重大工程工地上，挖土機皆靜止不動。那些工業時期的恐龍突然染上神祕的怪病。電視上不斷討論了又討論，這事件有個名稱：危機，而大家不知該如何才能克服。銀行不再貸款。有幾家連一毛錢也不剩。怎麼會變成這樣？沒有人真的知道，而這狀況令人不安。驚愕不知所措。沙坑裡，孩子們玩著資本主義家家酒，剛剛偏離了遊戲規則。

「媽的，你把它放到哪兒去了？剛剛是你在拿的！」

「才怪！是你，才前一秒鐘的事……」

因為機制打了噴嚏，我們再度意志薄弱，顫抖不停，渺小無比。靜默的氛圍下，傳言四起；寧靜宛如一道斑駁的牆，一點一滴消失。而這些風聲流言處處宣揚「重建」、「重新檢視問題」。就連在我們單位，氣象預報中心，也在談精簡編制，彷彿可以相信以後天候狀況會比較少變，或海洋將被關閉，而這才是對的，畢竟有幾座海裡早已空空如也。就三個月的時間，這場危機差一點讓我忘記：曾有一個女人，早在我們之前就碰了一鼻子灰；她失去了棲身之所，結果在市立監獄

「找到」一個固若金湯的容身之處。而今，她的案子將展開審理了。昨天，我收到法院寄來的出庭通知書。今晚，妨礙我閉上眼睛的完全不是淅瀝瀝的雨，而是其他事物。或許是害怕必須承受那個窩藏犯的目光。莫非她不在家，卻竟有一種特別缺憾的感受，毒害著我的生活？

我從來不喜歡成功的人。

不是因為他們成功，而是因為他們從此變為成功的玩具，變成一個盲目的自我。無論如何，自我是人的終極目標。

危機使人變得更孤單了些。談話中大量出現的這個「我們」還能表示什麼？「我」不去圍坐在營火旁，獨自離開，在一旁監視。每個人都相信自己會比鄰居存活得更好，而這一點也一樣，恐怕也是做人的最終目標。

官司與否，危機與否，我無法忘記那個女窩藏犯。我知道，根據法律第一百三十條，她可能被判三年徒刑，五十萬日圓罰鍰。對一個想必連一萬元都拿不出來的女人來說，五十萬日幣等於一個世界。我該慚愧，但到底慚愧什麼呢？我不斷反覆思索答案，但其實沒有人問過我這個問題。我的母親還在世的時候，常指責我太重視感情。正義總要伸張的，若在今天，她會這麼說；是啊，正義要伸張，但是好幾晚以來，沒錯，我的睡眠品質糟糕極了。

一個奇怪的聲響把我吵醒。落地的碰撞聲？不是從我們這兒發出的，因為其他兩人都還在睡，而房間裡也不見任何物品掉落。那是從另一間傳來的。

或者是老鼠。

我透過夜燈的微光辨讀，就快四點了。外面沒有一顆星，陰天。我們唯一的星星是準星。而它不閃爍，因為那是一個女警在走道上監視著我們。那些時候裡，我動也不動，暫停思考。我讓自己的人生不上不下地懸在那兒，直到日蝕結束。監視器……就是像那樣的東西，律師告訴我，就是那種東西害我被捕。人們在每個地方都裝了眼睛。我卻自信滿滿地在屋裡走動，直到傍晚……要不是那臺機器揭發了我，一切還能持續很久才對。在那裡，我真的很舒服。陽光從下午一點鐘開始照進房間，我坐在榻榻米上，翻翻雜誌，或什麼也不做，就曬曬太陽。窗戶微微打開，讓風吹進來：他的榻榻米用很久了，散發一股穀倉的味道。沒錯，這些本來可以繼續下去，就這麼繼續，我也不需這樣怨嘆了。當然，我很小心，保持謹慎。比方說，使用浴室的時候。我只在早上洗澡；這樣，等到他回來，一切都已乾爽。我洗完後，在浴室跟在廚房都一樣，我都會把所有東西物歸原位。這表示，在挪動某樣物品之前，我必須確實記住它們原來的位置。而且，我愈來愈覺得那是我家，所以也愈來愈提醒自己要更留神；因為就此鬆懈的誘因太強，就此犯下大錯的危險反而大增。我最害怕的是在夜裡做惡夢大叫。聽到自家壁櫥發出喊聲，恐怕會是他這輩子所遇過最恐怖的事。若我自己洩漏出行蹤，就必須當場提出解釋，他可能會在大半夜裡把我趕出門，或者五花大綁，通知警方。起初，我不敢睡覺，非常擔憂，深怕失去這座避風港。在這港灣裡，我重建自己，讓鼻青臉腫的生命慢慢復原。當然，我大可安慰自己說我並不常做惡夢。最後一次應該已經是好幾年前的事了，而在這裡，過去那些苦惱離我很遠。誰知道我們有多少東西可能浮現於表面？突然間，深夜裡，一道暗門開啟，幾名背負羞辱的人物前來復仇，因為他們被我們白晝的光明思考排擠驅離。我們以為已將他們掃地出門，但他們其實暗暗等待，只待子夜鐘響，便重新躍上我們黯黑的舞臺，從特洛伊木馬中殺出，散播恐懼。

廚房裡也一樣，我特別加強了注意力，幾乎忙得團團轉。最常有的狀況：為了找飯吃，我都去附近一家二十四小時營業的便利商店後面翻垃圾袋；他們扔掉所有剛過期的食物，不知不覺維繫了我的生計。大雨滂沱的日子，或我覺得不舒服的時候，我就在主人的存糧中偷挖一點東西，只吃飯或麵。我不會拿任何他可能會發現不見了的東西。幾乎沒有。偶爾幾次例外，我受不了誘惑，吃罐優格或喝點果汁。就這樣而已。時間久了，我也習慣他的口味；甚至，喜歡他的口味。

不過，儘管我十分謹慎，難道他真的什麼也沒察覺？有時我心想，他早就發現我了，但是容忍著。而且容忍著。但是，還是而且？總之，他習慣我了，就像習慣跟一隻老鼠一起生活一陣子那種感覺：因為好奇，或因為同情。然後，那一天，他們打開了周遭布滿捕鼠陷阱的壁櫥，嘿！抓到了。

然而，一年當中，只有一次警訊讓我緊張冒汗。那是春天某個下午，在一個基本上不需要特別留神聆聽的時刻。我沒聽見他比較早回來了。榻榻米上，陽光那麼美好！光線剛剛好，不多也不少。我正讀著隨意從客廳書架上拿來的小說。那本書很吸引人，寫的是關於二重分身的概念。我讀得忘了世界的存在；再也聽不見圍著市中心繞圈的車水馬龍，聽不見隔壁小柴犬尖銳的吠聲。就在那時候，他打開了大門。他的腳步造成地板輕微震動，即時警告了我。我趕緊躲進壁櫥，門板微微開一條縫，大小剛好。我那一躍並非常人能夠辦到，其實是一種動物性的反射動作，精準而無聲。又走了幾步之後，他進到我的房間。我不敢呼吸，就怕被他發現。我在這座天堂的最後一刻終於到來，絕錯不了。但我錯了……幾秒鐘後，他把一個體積很大的紙箱放在榻榻米上。所以，他來這裡不是因為我的關係……輕輕的，我恢復了呼吸。吸一小口氣。他很可能把壁櫥整個打開，收納那個紙箱。不過他並沒這麼做，倒是從箱子裡取出一臺電腦和配件。

接下來他就一直待在那裡，我只看得見他的側面。近近地看，他的外型並不怎麼讓我驚訝，因為在走進他家之前，我已經在街上遠遠瞥過他：並無特別迷人之處，陰鬱，誠實。每一座城市裡都有幾百個人以這張面孔示人。在他進來之前，我剛好來得及拉上壁櫥的拉門，所以可以放心透過門縫細細打量他。我們之間相隔不到兩公尺。他在那裡待了多久，我就注意觀察了他多久。他有深思熟慮的一面，專注地拆箱。很顯然地，他送給自己的禮物反過來將了他一軍。接著，他離開了房間。我擔心起來。他要拿這臺個人電腦做什麼？他該不會想在這裡插上插頭，把這個房間變成書房，然後每天晚上清醒的時間都在這裡上網什麼的，我哪知道？晚餐後，他回來了，把所有東西都搬走，拿到別的地方安裝——裝在客廳裡。我大大鬆了一口氣。在我看來，畢竟，知道自己在跟什麼樣的人交手，還是有其重要性。以前，我替從這裡聽見的腳步聲、說話聲、咳嗽聲，想像一個人的樣貌。現在，這個形象讓我安心。這個男人不是那種會撲上來掐住你的喉嚨，發起狂來或情急之下殺掉你的那一型。而且，巧合得令人有點尷尬，我們的年紀差不多。

隔天，他冷冷拉開大門，毫不留情地轉動鑰匙上鎖，這些聲響把我驚醒，一如往常。然而那一天，我沒辦法繼續睡回頭覺。有種不安在我心中擴大，持續了好幾個星期，直到我被補那天仍未完結。史無前例的，一個陌生人對另一個陌生人展開了一場最詳盡的調查。第一步，我拉開所有抽屜，在上面花了好幾個月的時間，但什麼也沒碰。很快的，我找到不同年代的照片，認出他各個時期的模樣。相片中沒有一張加註說明，我只好放棄推測他和身邊那些男女的關係。兄弟，姊妹，遠親，近親，昔日的戀人？現在他跟哪幾個還見見面？跟他們聊些什麼樣的感受？這個家裡處處給人儉樸簡約的感覺，跟以前一樣。我查看了他的薪水單，收入少少的氣象預報員。從各項帳單明細，我得知他用水用電的狀況。電話費方面，他非常節省，從不打國際長途。我的調查在原地打轉。我已嗅到一個沒有欲望、簡單、庸俗的平凡老百姓。但我沒中止行動。以前，我還是另一個身分的時候，不就是天天為了百姓而奮鬥嗎？

後來有一天，我又翻出那些照片。我一一重新檢視，試圖建立一份編年紀錄，猜測人物與人物之間，在過去與現在，各有哪些關聯。志村先生的過去沒有任何值得一提的事蹟。志村公房。我們兩人離開人世後，想必他什麼也不會留下，至少不會比我留下的多。當我說「我」的時候，心裡想的當然是現在這個身分的我。以前那個我，早已被淡忘，沒有人會再找到她，而又有誰會關心她呢？這正是我和這個男人的共通點，生平沒有什麼事可自傲，也沒有什麼事讓自己覺得丟臉：什麼都不是。除此之外，我們沒有任何相似之處。「什麼也沒有」這個特點經常可以代換到所有各種項目上。其實，依照我翻搜他住屋的方式，只有一件事是我真的希望知道的：他從什麼時候開始住進這裡。

而明天在法庭上出現的，就是這個一點也不吸引人卻也不討人厭的男人。到時候我可以更進一步對法官說明，他身上穿戴的西裝領帶吊掛在哪座衣櫥裡。那些衣物所散發出的那種特別清潔的氣味，仍保存在我的記憶裡。

走進法庭時，他已經到場了，但我們的目光沒有交會。後來也沒有。當然，透過攝影鏡頭，他已經看過我了；但我想，他總還是會好奇我在真實世界是什麼模樣吧⁉這會兒是他冷漠到了最高點？還是強烈的怨恨表現？我肯定得為住在他家那段時日付出昂貴的代價。他們會以高價計算每一個晚上的住宿費。旺季價格……話先講清楚，我一點也沒有罪惡感。其實我比較感性，倒是覺得，很不好意思。不好意思我對原告的內衣品牌、飲食口味、看電視和閱讀的偏好品味知道得一清二楚。因為我翻過這個男人家裡所有東西，而我對他的瞭解，恐怕至少不下於他在名古屋的妹妹。我讀過兄妹間幾封通信內容，狀況通常是在解釋為什麼她這次沒辦法南下來過節……等下一次看看吧……關於他的作息時間、整齊潔癖，沒有我不知道的地方，而且常常因而氣惱不已，同時也恐慌害怕：誰知道哪樣沒擺好的東西有一天會導致我一敗塗地？

現在，他溫馴地答話。我又聽見那熟悉的聲音。平時隔著壁櫥門，聽起來較小聲：晚上有時候他講電話，或自言自語，大聲評論NHK的新聞，以至於我比誰都清楚他那些羞於啟齒、氣喘吁吁的個人意見；以及他對那些乳臭未乾的政府官員抱持著何等尊重，幾近恭敬的態度。

志村沒控告我。以簡短幾句話，他說明了狀況，證實我沒偷取或破壞他家任何物品。我只是，他強調，有幾天，在廚房裡擅自拿走了一些後來引起他注意的東西。啊！原來如此……他所說的，事實上，的確都是我的傑作。我唯一的錯，就是處於一個我沒有權利存在的空間。是的，他應該覺得這場官司很無聊。我們大家都覺得很無聊，所以打算速戰速決。僅有一次，志村提高了音調。情緒激動的關係，稍微有點偏離正常語氣；他指責的口吻撞進我耳膜：

「我再也無法有在自己家的感覺。」

那時，我擡起頭看他，心裡知道他面朝庭長。又是左側臉，彷彿他這人沒有右半邊似的，要不然就是刻意把右臉藏起來。可以確定的是，他坐立難安。今天一定會被拖延，不能準時回家。或許他已經不再氣惱？誰知道。提到我的時候，我聽見他說**被告**，或**住進我家那個女人**。他從不說我的名字，也不用手指我。法官看起來也不太自然，似乎開始發現眼前這樁案件實在太超過，僭越了一般世俗可接受的分寸，將一個超越司法正義的案件以傳統的刑法來審裡，沒有任何意義。

我被罰五個月，沒有附帶罰鍰。這算是最輕的刑責了，律師欣喜若狂：您一個月後就能重獲自由，因為您先前已被羈押四個月，抵銷掉了。

在這個階段，我應該有些什麼感受才對。我知道遲一點以後，感覺會來的；但現在當下，對這樣幾天幾個月的斤斤計較，我實在提不起興趣……

＊

時間還很早，這是個秋末的早晨。這一個月以來，我只為這一天而活，而此時此刻，我正透過鐵窗參與今日之誕生。牢房裡的室友，從昨天或前天開始，顯得沒那麼討厭，稍微沒那麼需要防範。幾點幾分的時候，他們才會像上個月來找廣美那樣，來找我出去？當然，我不知道。我一心一意等著這個句子：「收拾個人物品，妳出獄了。」

今天是星期一。日復一日，我期待著被叫進談話室。「有人找妳！」然而，他應該知道，不久後我就要被這座城市稀釋，或許，離開。這個男人一點也不吸引我，而且，說實話，我完全受不了他的生活方式；但是，這下子，我倒很希望他來找我把事情問個清楚。我倒希望能當面感謝他的寬厚——或冷漠？志村先生，我會以這個稱呼起頭。然後，我要說什麼呢？或許我會大膽說出苦衷請他諒解，那些話我在法庭上沒說出來。司法對苦衷沒興趣，而我的解釋只會讓法官覺得可笑……只對志村，唯有對他，我希望能把自己所有小祕密都坦白說出來。審判結束後，我們的目光曾意外交會，整整一秒，緩慢的一秒，而他並沒有急著避開。那一雙空洞無神的眼睛確實停駐在我身上，我知道，因為他的臉上迅速閃過一抹陰影；然後我就被帶出法庭了。

外面，應該已經有冬天的感覺了吧！最近幾天，在放風走道，空氣寒涼。再這樣下去，我自由之後會受凍的。我擔憂起來。在那好好先生家偷偷築巢窩著，不讓他知道，多好……出現在志村面前，我一定會很不自在，但必須這麼做。時候到了，我已為我的「過失」付出代價，現在我有勇氣向他解釋。難道因為毫無預警被強行帶離那座屋子，我回去的欲望才會燃燒得如此激烈？

093　長崎

出獄的時間通常是上午，她得到確認。那是展開新生的基本象徵。忘卻我該做什麼和該如何做之煩惱，忘卻自己剛從怎樣的煉獄浮現出來。最初幾小時，宛如置身天堂。沒有多少，只是一小筆勞役金，她知道這筆錢不可能帶她走多遠。不過，好好吃頓飯總不算犯法，而且也快中午了，她都走了這麼久，愈走愈高興地走了這麼久。餐館櫥窗裡用模型布置出供應的料理，令人垂涎三尺。來碗長崎雜麵吧！從那時起……不是在監獄……肚子高興了，精神上的煩惱折磨就會和緩些。

從退租小套房，人生開始走下坡以來，第一次上餐館……吃完後，她繼續上路。剛過中午。他在三、四點之前不會坐電車回來，她確實有意獨自舊地重遊，就趁現在；回去重新接上那一天，警察將她銬上手銬，趕出屋外的那一天，然後告訴自己說：好了，又繼續下去了，總之某種東西又能繼續下去了。於是她往當初被驅離的屋子走去，而當那棟建築映入眼簾，她微笑起來。能再看見它，很重要，她心想。然而，她不過走了十幾步，來到門前時，全身的血液卻彷彿瞬間凍結。門上掛了一張看板：「求售。」驟然間，她重重地墜入過去的時光，來到八歲那一年。那時，生平第一次，她體會到生命被剝奪了一小塊的可憎感受。半個世紀之後，這段回憶仍隱隱作痛。那年她八歲，和父母一起搬家不到一年。梅雨季節的某一個傍晚，父親帶她去散步，雖然比平時提早了些，而且到處潮濕。但他堅持，她便跟他走。他們在一個熟悉的電車站下車，是以前住的那一區。在那裡，她還很小，在川上太太的看管下，與最早的玩伴在人行道上奔跑。他們轉過街角之後，他對她說：看好。然後兩人便一言不發，良久注視他們的舊家。

從中破開，敞得老大，宛如地理課本中的剖面圖，又像一張人體解剖圖，各個部位都被挖土機吞掉一半。什麼⁉用以往不可能有的視角，她看見了她的房間。她人生的前八個年頭都在那裡度過，而從外部望去，那就像一棟娃娃屋的迷你組件。此外，沒有家具。至於其他的，全都還在，例如壁紙和門。一個洗碗槽懸在半空中。為什麼要拆散她美好的童年？誰竟容許這樣大不敬的行為？是人生，父親說，將她摟進懷裡。人生。她哭了起來。我想在全部被打掉破壞之前，讓妳看看「家」的樣子。他在她耳邊輕聲說。

今天，女人知道不該讓回憶蹦出來，在鏡廳中無止境地反彈；那些片段將如不小心被困在室內的海鷗，亂撞發狂。她不敢置信，呆立街頭，再讀一次那宣告不幸的看板。然後，向前靠近。她按門鈴，但沒有人回應。朝裡面望一眼：家具都不見了。看板上有一組號碼，她記下來抄在手心上：那是房屋仲介公司的電話。過了一會兒，這隻手塞了一塊硬幣進公用電話孔。女人始終不信邪，詢問那房子是否真的要出售，從什麼時候開始的？兩週之前，她聽見話筒那邊傳來的聲音。一個小時後我們有一場團體看屋導覽，您有興趣參加嗎？她措手不及，於是點頭答應。

那個男人出了什麼事呢？她點了一杯啤酒，默默擔心著。然後，她想起了一件事。開庭那天，他是不是有點戲劇化地，說了類似這樣的話：我再也無法有在自己家裡的感覺。所以，真的是這樣……到了他寧願離去的地步？她對著廁所的鏡子擠出一張比較得體的面孔。一個小時就快過完了，該走了。

事隔幾個月，現在她又進到這屋內，完全不必為了處於此地而擔心害怕。真不可思議。她本來可以只在門口問仲介員幾個問題就好，不需要真的進來；這麼說吧，房子本身怎麼樣，她根本無所謂。但她還是與其他訪客一起跨過了門檻。同行另有五人，像無頭蒼蠅一樣來來去去，提出一大堆蠢問題。仲介員耐心等在一旁，回答他們。女人在廚房裡多待了一會兒，然後去了客廳。再次見到這幾個房間，卻空蕩蕩的，她心中起伏很大；她模擬著去感受這件事的意義，只為了把它隱瞞起來。因為，這空屋子把她帶到了遙遠之前的某一天。不是幾個月之前，在志村家時期的事，而是時光之井中更深更深的底部。她腦子裡閃過一個想法，像《聖經》中的句子一般敲響：失憶症患者真幸福，因為過去種種皆是苦。狼群使出牠們最旺盛的精力，奪走我們唯一的財富。

無論如何，她還是決定前往此次造訪的目的地，沿著窄窄的走道，進房。其他人覺得這個狹小偏遠的邊間沒有什麼值得多看之處，紛紛回到屋子的中心。同樣的舊榻榻米味，同樣是午後的亮度。她伸出手，遲疑了一下，推動壁櫥的拉門。同樣的摩擦聲。裡面同樣陰暗。壁櫥前面，她站著沒動。沒聽見幾分鐘之後人家在喊她。是仲介員，在門框下。這位太太?造訪空屋行程已經結束了,可以的話,麻煩您……太太?她僅模糊聽見造訪,結束,彷彿置身談話室內。她約莫已進入催眠的第一層次,以致於那人重複呼喊,見她臉色蒼白,擔心起來。這位太太,一切還好嗎?她忽然驚醒,轉過頭去:我就來了,抱歉,剛剛事情想得太入迷了。然後她迫不及待地發問。屋主,有辦法直接聯絡屋主嗎?

「房屋的買賣必須透過我們的機構來仲介,太太。我很抱歉……」

「請聽清楚我的意思,不是買賣的問題。不是這樣的。我不能跟您說明真相。但基於私人理由,我必須與他接洽。我能把信寄到哪裡?我只想知道他的地址。」

「這樣嘛……(仲介員思索了一下,微微一笑)在這種情況下,請把信件交到我們店裡,我們會轉交給屋主。絕對沒問題。」

寫信給陌生人，不可能找到理想的句子來開頭。的確，我們對彼此並非全然陌生，雖然我們只有一次「實際」見過面，而且是在那樣十分特殊的情境下。我不浪費時間鋪陳了，志村先生。對我來說，最重要的，比任何事都重要的，是向您表達我的謝意：感謝您在法庭上克制的表現。克制，除了這個字眼，我不知道還能怎麼形容。

她放下筆，斜放在信紙上，放在這個句子的結尾：宛如一棵倒下的樹幹，擋住思路。是誰砍倒了這株大樹？腦海中的狂風暴雨？坐定在紙頁前方，女人希望能找回她的想法邏輯（就像人家說的，在床上，如果維持相同的姿勢，有時能延長並重回該夜先前做過的同一個夢境）。她但願能在下午結束前封上信封，託給房屋仲介商的職員（信封上註明：致ＸＸ街屋主志村公房先生）。這樣她就能放下心中一塊大石頭。這麼久以來，她等的就是這一刻，說明……她就可以說自己克服了剛才在布告前面所受到的打擊。信紙是在這桌邊坐下來之前才買的，看起來空白得嚇人。她會把多少頁紙寫得密密麻麻？她真希望能發現一條捷徑，直接把自己的心意傳達給他。因為她一點也不喜歡寫信，而且，說得確切些，她很少寫。但是，這封信一定要寫。

克制，也可以說是守分，若您覺得這個形容比較貼切。總之，對我來說，在法庭上，以及在我獨處的時刻裡，這是非常重要的一件事。

請您明白，這並非一封申訴信。我的事對您來說已經結束了，我本無意侵擾您，日後也不會再來打擾您。只是，看見您門上那塊「出售」看板，讓原本重獲自由與高采烈的我，瞬間陷入哀傷。我心裡自私地想：從此以後，他和我，我們的立場平等了，都被同一片國土掃地出門。請您原諒我這個想法，我知道這麼想很可恥，也立即驅散了這種念頭，但仍想讓您知道。同時也請您原諒我造成這一切錯誤，我記得您在法庭上所宣稱的：我無法繼續住在那裡。

想必您一定納悶不解：我是一切的禍根，究竟插手淌什麼渾水呢？憑什麼誇耀那股依戀，畢竟我所依戀的東西屬於您，而不屬於我。我會讓您大吃一驚，但說真的，無論表面看起來是什麼樣子，我對這棟房子的依戀，比您更深遠得多。而我寫這封信給您，主要是為了向您說明，為什麼我住進您家這件事一點也不是偶然，與調查結果顯示的相去甚遠。

您在法庭上已經聽說，我在兩年前又失業了。到了我這個年紀，不會再有任何職務專門等你來做。退休還是個很遙遠的遠景，但在工作的世界裡已沒有你能做的事。於是你被判了刑，只能在生存的縫隙中游移流浪。可憐沒有家人的獨身者們！失業救濟金補助期限過後，你得解約。你開始感到羞愧，不得不離開熟悉的生活圈。

以最快的速度變賣掉幾樣照顧我日常起居的電器和小玩意兒之後，我發現，我所需要的東西可以輕鬆裝入一個背包和菜籃車。去年的盛夏時節，我流落街頭。雨季在那一個星期以前結束。那是最理想的季節，讓我學習如何露宿星空下，而我也學會了。夜裡，我在離最邊緣那些屋舍幾公尺之處落腳——那些房子通常不太衛生，也沒人住；但我猜，對城裡地勢較高那一區，您應該跟我一樣瞭解——我睡在一片墳墓與好幾世紀前建造的殘破古剎之間，不過我沒什麼好抱怨。在那個時節，一切看起來都還容易。但我不想在此跟您講述那幾個特別的禮拜，那可算是我最開心的日子，至少，確定是我這輩子最自由的時光。在最涼快的時候，我四處遊走找吃的；天候太潮溼時，我就只在城市上方「閒逛」，竹林下，完美怡人的幽影替我遮蔭。

我還剩什麼？晚上，人一躺平，同樣的念頭反覆來光顧：這一切都是胡搞亂搞。超級大玩笑。我遲早會得到個說法。有什麼理由藉口不得已，都會跟我說明白，我都會知道。我們所有人都將有權利曉得真相。老天爺本來就是這樣安排的，只是我們都不知道什麼時候才會實現。耐心等就是了。那麼，我們就能避免這場荒謬大戲。雅莉安之線自然會引導我們走到出口（編注：古希臘神話中，雅莉安送的毛線球幫助特修斯走出迷宮）。

然而，不是這樣，什麼都沒發生。每天晚上躺下時，我仍信心滿滿。這是一場玩笑，過了今夜，一切都將恢復正常⋯⋯畢竟，不可能所有事情都這樣毫無道理可言，無論星星，風，人。

經歷了那幾個星期，若有件事是我敢確定的，那就是：道理根本不存在。也就是說，從來不存在。道理是人類自己發明出的想法，只是用來撫慰焦慮；追求道理的欲望卻全面占據了人的世界，矇蔽糾纏。然而沒有任何所謂的「老天爺」在天上監視我們。在這件事實明顯得令我暈眩，招架不住的日子裡，有時，為了抓住個救生圈，我必須把所有我無法捨棄的物件和紀念品攤在眼前。我並不期待它們能為我帶來救贖，不是這樣。然而，它們散發著一種慘淡森冷的光，彷彿為宇宙上了一層**粉底**；此外，這光線與星子的閃耀有關，因為，在我那些照片上的面孔，大部分都已逝去；生產我那些珍貴物件的工廠，無疑的，從那時起就已大門深鎖；至於我片刻不離身的那把老家的鑰匙，早就失去了能開啟的門。

秋日的腳步近了。夜將盡時，天愈來愈涼。有兩次，雨水將我從睡眠驚醒，把我逐出竹林。我濕淋淋地躲入下方一間沒人住的破房子，等天空填補好缺口。我無法長久過著前一陣子的寧靜生活，這讓我擔憂起來，甚至，有時候，擔憂得發狂。我從未想過要住進這些又髒又亂的屋舍，看了就噁心。從那時起，我開始四處遊走，尋覓一個能遮風避雨的地方。有時間觀察街景的人很快就能注意到誰一個人住，有些什麼習慣。比方說，有些老人出門買東西時從不把門上鎖。我「偵查」到幾棟較偏遠的屋子，通常在死巷盡頭，後方就是樹林。起初，我只在下大雨的夜晚躲進去。在一位耳聾的老太太家，一場暴風雨將我困了四十八個小時。白天，風雨間歇時，我又繼續漫無目的地走；流浪街頭時偶然一個不經意，竟走到我度過最快樂時光之所在，八歲到十六歲時居住的區域。噢！多麼珍貴的歲月！我占據了一個角落以便觀察，連續觀看了好幾個上午。我遠遠瞥見一個男人在八點左右從我兒時的屋子出來。根據當時各種情況，他應該是要去某處工作。誰知道……我突然興起再看一眼的欲望。您家的入口只有從對面人家才有辦法監看。有天早上，住在對面的老太太正巧出門去。她緩緩沿著無人的街道走遠。誰知道……我想碰碰運氣，於是，我朝前走去，按了門鈴。屋裡沒人。您果然一個人住。都過了那麼多年，門鎖卻沒有換。而那天，總之，您沒鎖門。我的鑰匙沒能派上用場。而我已初步踏入那座古老王國……這就是那個初秋某日，我置身您府上的經過，志村先生。

聽說，有種海龜要爬回出生的沙灘上才死去。聽說，鮭魚離開海洋，逆流而上，回到成長的河川去產卵。活著的便受這類模式牽制。我的人生已完成一大段，現在重新回到早年的一個生態環境圈。在那個圈子裡，有八年的時間，我累積了不少屬於自己的「大發現」。各種美妙驚奇、可預約數不完的希望。從我以前房間的窗戶望出去——後來，很久之後，變成您的房間——您應該完全不欣賞這幾年來的視野吧！想必您已經看膩。但請想像一下，對當年一個像我一樣的小女孩來說，一眼就能環抱整座稻佐山（Inasa）和海灣，造船廠以及所有船隻，會是什麼樣的感覺。朝左邊彎出身子，可以望見大浦天主堂的鐘樓，我小時候就在那座教堂受洗；而最右邊，遠遠的北區；很奇怪的，那個天主教徒聚集的區域，卻被一個信奉基督的國家炸平……日本的基督徒少之又少，美國丟下的狂暴原子彈簡直像是刻意要置他們於死地。

我喜歡我的房間，宛如一座陽臺，通往世界，通往一個重生的世界；在那個世界裡，我的好幾位祖先在某個遙遠的八月九日死去。我有八年生命隨那個世界消逝無形。我真喜歡這幾個房間，這幾面牆壁……我心想，全世界的憲法都應該制訂一項人權，不受時效約束，讓每個人隨時能回到過去對他特別有意義的地方。給他一副鑰匙，可以開啟所有寓宅、平房，以及他童年玩耍的小花園；允許他待在這些回憶的冬宮，長期停留。新屋主永遠不可妨礙這些時光朝聖者。我堅信此法可行；而若有一天，我必須再次投入政治，我告訴自己，這將是我唯一的政見，我唯一的競選承諾……

一個秋天的星期日，那年我十六歲，我的雙親開車前往島原附近，去探望表親。從此再也沒回來。當時的颱風造成土石流，沖毀他們行經的道路，山區某個路段。就這樣。我成了孤兒。家族中還活著的親戚接手照顧我。我搬離老家，與一位叔叔和叔母同住。我還記得離開那天的情景。那時完全無法預料，多年後，我會可憐兮兮地，像個小偷一般，住進以前屬於爸媽的房間。

後來，我考上了福岡的大學。成績很差。我什麼都抓不住。那場土石流，我漸漸明白了，仍在我身上持續崩落。它在那個颱風天展開，先撲咬吞噬了幾個獵物；現在該輪到我了。塌陷的速度變得緩慢，在地底下進行，一塊一塊地帶走我想經歷的人生。無論我做什麼，事情都不順利。一定是哪裡有個機制停擺了。我開始痛恨這世界及其未來的樣貌，開始出入某些場所。一九七〇年，我二十歲，加入極為祕密的地下組織聯合赤軍。我國與美國簽訂新的安全協議，與那些在我家鄉丟原子彈的人建立永久關係。可恨！有好幾年，我只把時間用來專心一意地痛恨。其餘的只不過是包裝。我對我的赤色夢想充滿熱誠，一如有些人醉心油畫。就連我極端的癖好，我也不當一回事。我們熱愛失敗，一面又高喊勝利的口號。有一天，我們之中有些人被捕。於是我必須讓別人忘記我。我的自我，這個消融在我們之中的小我，最後終於被毒品溶解。他們給了我一個新身分，全新證件。我有各種類型的雇員經驗，但始終未能把握新名字賜予我的第二次人生。就是這樣。

二〇〇九年二月—二〇一〇年四月

後記

寫給台灣讀者

艾力克·菲耶

時值二〇〇八年五月。我結束了一趟日本旅行回國，剛好接到一封簡短的快訊，報導一則來自這個國家的社會案件。身為記者，我每天瀏覽幾十條荒誕古怪的新聞。然而，這則新聞深深撼動了我：一名日本男子發現，自己不在家時，家裡有些物品被挪動使用過。他覺得十分奇怪，於是裝設了一架網路攝影機，在他出門後拍攝房子裡的情況。而他則從辦公室監看才剛離開的家。從這則短短的新聞中，很直覺地，我找到寫一部小說所需要的所有材料。我覺得這則消息給人很多幻想空間。於是，我把它收藏起來，希望有一天能用這個題材寫出點東西。

有好幾次，書寫其他小說時，我也曾引用讓我印象深刻的社會案件。那些情節都發生在法國，是我所熟悉的環境。然而這一回，面對這則來自遙遠東方的新聞，有種新的什麼應運而生：身為小說作者，我第一次覺得自己有能力創造一些人物，安排他們住在一個我深感好奇卻所知甚少的國家，日本。

我並未立刻著手書寫。究竟想以何種方式來融入這則事件，我自己還不清楚。如何把一起驚人的真實事件織入小說的鋪陳架構？解決之道，與其他許多事情一樣，在於時間。只要經過足夠的時間醞釀，點子自然生成。如此過了一年，我動手寫作《長崎》。在這段期間，我又去了一趟日本，在京都租了一棟日式傳統平房，以便瞭解日本國民的生活。因為，在我眼中看來，無疑的，這則社會報導的背景，不可能挪移到世界其他地區。當然，故事本身具有某種放諸四海皆準的特質，但我從來無法想像，比方說，這樣的事情如何能在歐式公寓裡發生。

這則新聞何以讓我覺得充滿東洋本色？在京都的小屋子裡住了一星期之後，我開始初步領悟箇中原由。人們在榻榻米上行走，赤腳或穿襪，又或穿襪套，走起路來寂靜無聲。透過活動拉門進出房間時，一樣寂靜無聲。小說女主角所睡的那種壁櫥，以滑動的方式開關，也不發出任何嘈雜聲響。因此，我認為，暗地裡住在一間和式大寓所，不引人注意，的確有可能。而同樣的行為，搬到歐洲，顯然困難得多：我們的房子裡，地板吱吱呀呀，門板碰撞起來喀啦作響……但還不只如此。根據《朝日新聞》的報導，暗中窩藏在陌生男子家中的女性，是一名失業者。在法國，失業人士可以長期領取救濟金，且保有住所。在日本，失業人口顯然少得多，救濟期限沒有那麼長，大約很快就會流落街頭。我並猜想，相較於法國，在日本，失業者應該比較容易對自己的處境感到羞愧，且羞愧的感覺更強烈。這就是我堅持將小說背景設在日本的緣故。

但是，究竟為什麼要拿這樣一則社會新聞當題材來寫作？我相信，這起案件能讓我探討現代人的孤獨；孤獨來自城市，企業重視工作績效，當然還有失業的壓力。一方面，女人這個角色處於一種困頓的孤獨，被排拒在職場之外，以社會邊緣人自居。另一方面，單身男人則刻意承擔孤獨，打造一種疏離他人的生活。於是，藉著這起案件，我能並行處理兩種完全不同的孤獨型態。一方面，我們所處的這個世界將某些生命視為糞土，把他們排擠至邊緣，任其孤獨；另一方面，這個世界又阻止希望孤獨的人繼續孤獨，總不斷來招惹他們。志村先生即被世界追上了；一如日本，經過兩個半世紀的閉鎖之後，在長槍大炮的威脅之下，不得不與世界其他國家進行交易：這即是一八五〇年代，美軍艦隊的「黑船」強制日本之情勢。從這個角度來看，長崎這座城市使我深感興趣。這樁事件，若沒記錯的話，其實發生在福岡，日本四大島之一的九州的另一座城市。我把故事背景移到長崎，因為這座城市有其重要的歷史意義：它曾是世界與日本之間的連接點。在長達兩個半世紀之久的鎖國時期，那是歐洲商人唯一能踏上的日本領土。日方允許他們住進一座人工島，島嶼建造在港灣裡。在我的想法中，對日本來說，這座島所扮演的角色宛如位於獨居男子寓所的底端，女人偷偷窩藏的壁櫥。

我認為，《長崎》將我在其他作品中已探討過的一個主題再做了延伸：這個世界的侵入性愈來愈強，且鋪天蓋地，來勢洶洶；生活在其中，現代人如何還能保有個人隱私？這是我在《我是守燈塔的人》和《一段沒有你的人生》等書的中心思想。這則日本社會案件給我機會再次討論我一貫在意的議題，並思考得更深入些。由於全球化傾向已遍及所有國家，而在地球這一端與那一端，關於現代人與都會人的問題幾乎大同小異；容我大膽地希望《長崎》的臺灣讀者樂於與我一起，分擔對我們這個世界的關心與憂心。

二〇一一年九月

附錄一：名家讀《長崎》

孤寂與疏離
——讀《長崎》

阮若缺（政大歐文學程教授）

看到《長崎》這本書，第一印象便憶起二次大戰的那兩顆原子彈，接著就聯想到莒哈絲的《廣島之戀》。當然它們之間並無相干，僅屬巧合。不過，我們卻可羅列出多位當代法語作家，有興趣在他們的文學作品中發覺日本社會：如芭貝里（Muriel Barbery）的《刺蝟的優雅》、諾彤（Amélie Nothomb）的《艾蜜莉的日本求生記》、圖森（Jean-Philippe Toussaint）的《做愛》……。

其中，菲耶是在報上看到發生在日本的一則社會新聞，他沒有驚心動魄的爆炸場面，更不牽扯戰爭中國族問題的糾葛，但是十分令人玩味的小故事大巧思，凸顯了人們的孤寂與疏離，而當市井小民不慎逾越了一般規範時，遭受的則是法律僵冷的處罰，而非社會的溫暖與同情。

故事緣起於一位中年長期失業的婦女，深感顏面無光，不得已離開自己熟悉的社群，淪落街頭，到一個陌生的地方，尋求機會。正值徬徨之際，發現一名中年的上班族出門，卻未上鎖，渴望找個歇腳處的她，靈機一動，便趁隙溜進去，享受片刻「家」的感覺。「闖空門」對這婦人而言是種卑微卻又難以啟齒的要求，然而因為此舉侵犯了他人的隱私權；當屋主發現異狀（食物短缺、物品移位……），自會產生不安和焦慮。志村先生起先疑神疑鬼，終於按耐不住，借助隱藏攝影機才發覺真相！原來婦人已寄居他家達一年以上……。

首先作者以第一人稱方式書寫，道出志村先生的心聲；中年單身上班族，生活規律，個性吹毛求疵，不善交際。這樣平淡無奇的小人物，做為小說的主人翁，想必發生了一件不平凡的事。而作者又以無名女子出獄後寄給志村先生一封信做結尾：這也是一段獨白，訴說她的童年及心路歷程，還有對「家」，溫暖的家的渴望。他們同是天涯淪落人，但為兩條平行線，曾經擦身而過，卻沒產生半丁點火花，事後徒增一些自責與懊惱，畢竟他們都是善良的老百姓，無心傷害他人，然而造化如此，怎不令人唏噓？

文中作者巧妙地呈現「看」與「被看」的弔詭。芸芸眾生裡有些人不在意地展現自我，穿著惹眼的服飾，做出誇張的舉止，儼然具暴露狂傾向；有的人則低調過活，不大聲喧嘩，並與人保持距離。但他們都被如同靜默的隱藏攝影機般的一雙雙眼睛觀察著、監視著。陌生女子曾是窺視者，之後成了被窺視者；而志村先生的女鄰居，則是典型的「社區糾察員」，想刺探左鄰右舍的私領域；還有志村先生同事們聽到他報警的內容，發出喔！啊！的同情聲；最後，是冰冷冷的網路攝影機，揪出了「觀看」

志村先生的不速之客！這些都是作者對日本社會深入且細微的觀察。

又這冊輕薄的小說，具備了偵探片的元素，且頗具節奏性以及小說鋪陳的巧妙安排：謎↓困惑↓胡思亂想↓蒐集證據↓抽絲剝繭↓推測↓解釋↓論斷↓真相大白。此外，它也具音樂性，由原本只有單調惱人的蟬鳴，到電話鈴、女警高亢的音調、辦公室的喧囂、乃至警笛，將戲劇張力拉到最高點。它雖是則不起眼的社會新聞；透過作者敏銳的筆觸，揭示了人性鮮為人關切卻又切身的文明病——孤寂與疏離。

家有寄居人
——《長崎》的漂流與標記

楊美紅（小說家）

我想在全部被打掉破壞之前，讓妳看看「家」的樣子。

——《長崎》

是什麼樣的新聞事件，足以吸引法國作家寫出以日本長崎為背景的小說？

艾力克．菲耶改編二〇〇八年刊載於日本《朝日新聞》的社會案件，衍生出這本極具「生存感」的當代小說。故事描寫一名男子發現不在家時，物品曾被挪用過，因此裝了網路攝影機，從辦公室監控家中情況，竟發現窩藏在家中的是一名女性失業者。

這樣的情節梗概，不單在真實生活上演，部分小說電影也曾以「寄居人」橋段透視現代文明的孤獨與疏離，然則，能成功將「深度藏於表面」的作品卻不多見，《長崎》以浮士繪般的精鍊文字，集中火力扼要描述陌生個體交會的疑懼、不安與自省，從內容與形式而言，可說是一則精緻飽滿的文學演練。

當寄居者如「穿牆人」般穿透生活表層，五十六歲的獨居單身苦主，在「鬼」影幢幢的家屋裡「反感作嘔」，認定有人侵入，將此「異質存在」視為不折不扣的「強姦行為」，如此鮮明激烈的抗拒，早成當代文明通症。

家，人類群居生活的單位，從最初的家族演化至今日的小家庭，從農村院落到大樓套房，經常以「避風港」、「堡壘」來形容人類對「家」的迷戀（暫且不論房屋廣告如何浮誇展示家屋神話），在現代文明裡，不分地域，「家」代表著個人的關係連結與現實處境，寓含「人」的現世所有，「屋」如「肉體」，一旦遭受侵犯，安全感也隨之瓦解。

也因此，許多描繪孤獨主題的小說電影，往往先從家、屋的空間剝奪，「單位」與「單位」間的難以往來，慢慢處理至人際疏離的文明生活，沒有家的流浪漢，是城市裡的邊緣分子，他們在待售空屋、公園涼亭、可遮風避雨的通道裡，勉強掙得一夜棲息地，而有些，闖入了別人的家，成了寄居者，依附體質疲弱的宿主，如小說所暴露的中年單身漢、獨居老人，那些無能、無知也無力抵禦、提防「外侮」的另類弱者。

艾力克．菲耶所關注的這則案件，沒有過於光怪陸離的「爆點」，卻呈現當代文明「共相」，不分地域、城市，幾乎都能「心有戚戚焉」看待人與屋的連結與侵犯，主角透過淺層的犯罪，重創人對家屋的信賴感，乃至於讓人對自我、生活起了根本性的質疑。

究竟，那間朝夕相處的屋裡，偷偷背著人們，發生了什麼？

寄居者既非小偷，拿了就跑，也不是惡鄰居，明目張膽地偷窺騷擾，他在神不知鬼不覺的情況下，背著宿主，暗渡陳倉，侵占房屋，那些熟悉的物件、空間開始有雙陌生的手介入撫摸，當宿主驚覺「有人似鬼」時，疑懼早成為生活的隱形殺手，將可供滋養的安全感逐步消融。

當家屋成了背叛者，人的存在，因為空間的剝奪、被迫共享，而喪失隱私，兩個陌生個體共享一屋，在重視個人私密的現代文明裡，顯得荒誕古怪，讓人毛骨悚然。

《長崎》以懸疑的手法，鋪陳前半部的「抓鬼」工作，讓擔任氣象預報工作的「宿主」，緩步察覺屋內的異常，如偵探般張羅破案工作，借助科技揪出寄居的失業者，情節合情合理，與現實並駕齊驅，但當小說後半場進入到心理剖析時，作者將兩種「弱勢」處境，放大檢視，深入角色內心，至此，文學才浮現出「真正的人」。

闖入者是五十八歲的失業婦人，現實的殘酷鋪天蓋地籠罩她，人生已無法重新翻轉，唯有回憶能撫慰生命，於是，她回到了曾擁有美好回憶的舊家，看著窗外長崎的稻佐山、海灣、造船廠，為自己泡壺茶，靜靜享受生活裡偷取而來的幸福。

至此，謎底揭曉。

這也曾是她的家。也是她生命裡汲取養分的所在地。

作者從人道關懷角度，處理情節轉折，但也讓人意猶未盡，對這位曾經投身祕密地下聯合赤軍的寄居者，彷彿還有許多故事未說。小說最後，她寫封信給欲售出房屋的男子，僅止於蜻蜓點水般卑微地交待人生，猶如早已認定自己是位失敗者。

小說以《長崎》為名，在奇異的陌地體驗與「存在的漂流感」間，作者嘗試處理長崎之於日本、世界的歷史地位，從商港到二戰原子彈的戕害，其獨特性早在小說還沒落筆時，就已經先存於創作者的異國視角裡，在異文化的審視裡，透過書寫長崎的獨一無二，小說的「法國味」反倒更為彰顯，也讓陳述文明共相的小說有了欲蓋彌彰的文化標記。

若換成日本人來寫這則改編案件，顯然不單是語言、氣質不同，想必「刺點」或視角、論述也大異其趣。

作者在臺灣版後記裡坦言：「故事本身具有某種放諸四海皆準的特質，但我從來無法想像，比方說，這樣的事情如何能在歐式公寓裡發生。」艾力克・菲耶以中肯且誠實的經驗，求證案件何以如此洋溢「東洋味」，輕易點出文化難以跨越的現實邏輯，沒有榻榻米、襪子、拉門、大壁櫥，寄居者何能悄然如一抹幽魂穿梭其中而不引起注意，更何況是地板經常嘎吱作響的歐式老公寓？

也因此，這樣的故事，必須再度回到日本的時空之中，一如忍者必得誕生於和室內。

儘管如此，寄居者仍無所不在。失業的、飄盪的、流離的孤獨人，以不同的面貌、身分，畸零寄居於社會的「單位」內，我不免想起蔡明亮的電影《愛情萬歲》，寄居在預售屋內的人，窩在床底感受愛的蒼白，營造出臺北的荒謬喜感，而艾力克．菲耶則在簡鍊的文字裡，讓讀者聽見愛與失落的溫柔低迴，充滿存在的思辯與諒解，如此法國，如此日本。

《長崎》的「中篇」魅力

王聰威（小說家、《聯合文學》總編輯）

《長崎》翻譯成中文之後，大約有三萬多字，這個長度的小說，我們習慣稱為「中篇」。如果以停辦多年的「聯合文學小說新人獎」的徵獎字數為例，「中篇」字數訂為三萬字至七萬字之間，譯成中文的《長崎》恰恰符合「中篇」的最低標準。（法文原文則低於兩萬字。）實際上「中篇」字數並沒有什麼鐵打的規定，我們最熟悉的或許是恩斯特・海明威的《老人與海》，中文字數四萬多字，英文原文則不到三萬字。「中篇」這個長度與表現方式，似乎給人一種難以具體捕捉的感覺，既無法像「短篇」般用一個概念就足以一擊中的般致命，也無法如「長篇」徹底地將某人的一生描寫殆盡，或是一個主題接著一個主題地往下探底。那麼，「中篇」的魅力何在？

每個小說家都幾乎都有其擅長的長度，例如艾莉絲·孟若的長篇似乎過於拖泥帶水，不如短篇給人的緩慢窒息感，而村上春樹本人宣稱自己是「長篇小說家」，他越晚期的長篇越加揉合宗教、道德、哲學思考，明顯如杜斯妥也夫斯基般的巨大企圖。雖然老練作家寫作時，一開始便能夠感受：「像這樣的故事，大概寫到多少字左右就差不多了。」但不寫寫看其實不知道，可能會從短篇逐漸寫成長篇，或是同一故事分別用短篇與長篇來表現看看。那麼，如果要說誰擅長中篇的話，我覺得這幾乎是日本小說家的專門，這可能跟日本小說讀寫傳統有關，像鼓舞新人作家的芥川賞得獎作常常也是這樣的長度（與雜誌刊登、發行單行本的篇幅有關），也使他們一登場便精於此道。反過來說，至少這三十年來，台灣各項文學獎殊少有這個長度的徵文（除了上述聯合文學小說新人獎），出版社也不鼓勵單獨出版這個長度的小說，作家與讀者對中篇都感到頗為陌生。

雖然不能一概而論，但日本小說家的中篇就像我們習慣說日本美術設計擅長留白，擅長建築的空間營造與收納，他們也擅長透過句子與篇章長度的設計，設法規限出適合整篇小說的時間感與空間邊界，以決定中篇的「存在感」，往往能夠捕捉那模模糊糊的世界面貌，不管主角走在東京繁忙街頭、寥落的小鎮步道或是京都廟宇牆外，或是我喜愛的村上龍《接近無限透明的藍》那樣充滿腐爛氣味與敗德的小說也一樣，有點庸俗流行地說，就是有一種揮之不去的空氣感，某些特別想突出的描述調得顏色偏重一些，但整體來說是把飽合度調低，只在某些焦點之處用曝光過度的手法製造令人痛心的焦點，壓抑而節制，不太講究複雜多層次的敘事技巧。那麼《長崎》呢？這本以真實新聞「二〇〇八年福岡住居侵入事件」為故事原型，據艾力克．菲耶說，這樣的故事充滿東洋本色，只能將背景設定在日本的法文小說，如何展現中篇的可能性，而且帶給讀者與日本本地小說截然不同的閱讀感受？

中篇《長崎》不只是重建「二〇〇八年福岡住居侵入事件」的梗概，也不是把這個事件刪減到只剩下新聞背景陳述，我們可以讀到從男主角第一人稱主述的主文開始，將新聞事件用小說的方式重新寫過，變成一個吸引人的故事，以此建立起這本小說的基本樣貌與主調。（可以注意，女警對男主角說明案件的寫法，是刻意使用了鑲嵌法的小說技巧。）在中段的部份，則轉為女主角第一人稱主述的內容，從這裡才算是進入小說的內裡，原本是新聞媒體不會報導或只是提供片段的消息，而必須由小說家「重新虛構」產生完整故事。讓我們對照女警的告知、新聞報導與女主角自述的說法，顯然是在表達一般新聞的斷片化、膚淺化、訊息化，不足以說明人性的真實複雜、意識流動。在這兩個部份，菲耶用了「解壓縮」的寫法：在極短的篇幅裡，不是日式風格地透過景物或細微動作的方式壓抑呈現，而是乾淨俐落地一口氣把男女主角心裡想講的話直接呈現出來，用來表現兩個不同人物波濤洶湧的心理狀態，也顯示兩者對於對方的片面觀察。不過，女主角似乎要來得更有歷鍊與智慧一些，而男主角的心思多半放在驚慌不已的自己身上，明明失業流浪，無家可歸的是女主角，但男主角的生活與人性卻顯得更加脆弱不堪。此時我們或許就該有所警覺，小說會有不同流向。

光憑這兩部份的豐富性，無論是內容或形式上，只要再稍微擴充一點點，或是俗氣地拆開，讓男女主角的第一人稱敘述雙線進行，大概就足以完成一部小說。但其實接下來才是展現《長崎》中篇魅力的地方，在讀者已熟悉了三分之二的第一人稱寫法之後，第三部份忽然轉成了第三人稱，我初次讀到這裡時，有種傾倒失去平衡的感覺，原本與角色的熟悉感被硬生生切斷，變得像陌生人，拘謹而緊張。而在小說的最後章節，菲耶雖然保留了第三人稱敘述，卻用了較長的第一人稱書信體解密女主角身世，書信結尾相當草率，這裡也是我覺得失重之處，忽然有什麼被抽走了，腳變得很輕，但因為是書信體的關係，也就無法苛責那個已經講了太多的女人。在這裡，菲耶既使用形式技巧製造了閱讀上的不同肌理，同時又較第二部份時，讓小說進入一個更內裡的內裡，由更遙遠的時光記憶所孕育出來的人性：眾人孤獨的原因千奇百怪，但最終卻被拉近得如此相似（有個小細節可以顯示這點，就是兩人皆為天主教徒，這當然是用來突顯長崎的外來傳統），既同病相憐又痛恨、厭惡彼此可能會有一絲絲的關係，這便是這本小說的主題。而這個主題，並不是用前兩部份，以人物心理狀態的揭示與對照來顯示這麼簡單，我們可以看到菲耶巧妙地將小說對「人」的意識流動移轉到女主角對這間兩人「共同生活過的」房子的執念，既做為連接雙方的樞鈕，也是絕情的斷裂。至此，我才恍然大悟（或者說是我一直無法擺脫的，這小說令人不安，覺得有什麼東西消失掉的），無論是形式或內容，菲耶拋棄穩定行進前後呼應的故事線，難怪會令人有傾倒失重的感覺，他念茲在茲的，並不是一開始登場，家裡被人侵居的平凡男主角命運如何（他是如此無辜），小說要揭露的主題是由侵入他人家中的女主角所背負。

這實在有點不可思議，在這麼有限的篇幅裡，《長崎》運用不同形式與技巧，萬花筒似地一層一層進入主題內裡，除了追尋孤獨這一人性命題之外，再加上菲耶的歷史觀、政治意識型態（例如刻意將故事原型從福岡搬至長崎，兩者距離不遠，但意義截然不同），日本經濟現狀、ＡＩ機器人恐怖谷理論，甚至將女主角的出身背景設定為一九七〇年代赤軍的一份子等等，我們可以看到改造自日本日常原型事件的小說《長崎》，不僅飽含人性與道德的思考高度，同時也提升到對全球化人類存在方式的思索。《長崎》這麼小的中篇卻有如此縝密佈局、豐富性與智識上的衝擊，是我閱讀其它中篇少見的，姑且不論是否完全達成了菲耶想做的事（我覺得有某些想法還不夠展開，或許就是要長篇才做得到），但我們可以清楚看到中篇所能做到的，或者至少艾力克·菲耶做到了：可以像思考長篇似地，盡可能探求主題的深度與完整性，形式上可以做到短篇無法做到的複雜性，實驗不同的肌理與技術，又不至於長得令人感到無聊或失去焦點，那個一開始就鮮明的概念或譬喻，會如短篇一樣，在結尾的時候仍然新鮮不已，像是打了強烈的聚光。

附錄二：菲耶台灣紀行與訪談

真正的作家，是一位不著痕跡的世界旅人

——艾力克・菲耶二〇一九台北國際書展紀行

陳太乙

從二〇一〇年的《長崎》到二〇一六年的《三境邊界祕話》再到二〇一八年《巴黎》出版，翻譯艾力克・菲耶的作品不知不覺已有七年。今年，他終於應台北國際書展之邀前來，踏上台灣——這片土地，他曾在距蘇澳僅兩百公里的沖繩八重山諸島的西表島上癡癡遙望。

菲耶其人樸實，謙遜，溫和，毫無躁戾之氣。說話聲調平緩，不疾不徐，別人講一串他回兩句，光憑兩句話就讓人印象深刻。簡潔，一針見

血並滲出一絲幽默，跟他的書一樣，沒有廢話。就用這樣的節奏，菲耶有問必答，而且耐心聽問，認真回答。他不被任何問題驚慌，也甚少以「應該」、「必須」乃至「我認為」等字眼回應，通常援用某本書、某作家或某種意象來表達自己的觀點。你會覺得清楚明瞭，覺得服氣，覺得受教，同時覺得自己的問題不笨。因此，無論法國人還是台灣人，會法文或不會法文，大家都來找他聊天。甚至，簽書會上，一個一歲小女孩也選中他，搖搖擺擺地朝他走來，開心地與他玩起躲貓貓。就是這樣的人，親和無比地同桌共聊，一站起來，才發現他比想像高大。

菲耶這趟台灣行，一週之內，除了三場公開講座、出版社及媒體訪談、四場簽書會，還要探訪法國學校、參加主辦單位和法協的各種聚會，行程非常緊湊。儘管如此，從書展開幕到閉幕，會場上每天都可見到他氣定神閒的身影。他熟悉日本，也去過中國和韓國，在亞洲冬季陰晴不定的氣溫下，操著異國言語的密集人潮中，穿梭自如。

他是個精力充沛，什麼都願意嘗試的旅人，從抵達那一刻起，就將所見所聞記錄在隨身的小冊子裡，包括吃進的各種東西：芋頭、金桔、水蓮、蘿蔔乾、蛇湯、臭豆腐……來者不拒。他硬是擠出時間，自行去了龍山寺、故宮、九份、淡水……短暫的，片段的，再怎麼平凡的印象都好，他翻開小冊子給我看：一頁又一頁，密密麻麻。

因為菲耶，我幾乎覺得身兼旅人是作家必備的特質。所謂用生命寫作，就該像他那樣貪心地走，貪心地看，貪心地吃，打開所有感官去「享受」地震時獨處旅店十一樓之「跟傢俱一起跳舞」。然而菲耶有資格貪心，因為他絕不用處處驚呼作結，而是會巧妙低調地將這一切化為自然又到位的文字，像《長崎》這部以法文寫作的「日本小說」那樣不著痕跡。

這讓我想起作家張惠菁說的：他總能保持距離，用一種「冷」的方式去描述人們之間的無法彼此理解。

菲耶的第一場講座，以《巴黎》這部小說為軸，與歷史系出身的張惠菁談「架空歷史作為文學之政治角色的思考」。惠菁是位認真專業的讀書人，為這次對談做足功課，同樣身為小說家與散文家，文學品味與菲耶一拍即合。她請菲耶回到書寫《巴黎》時那個冷戰剛結束的歐洲。菲耶說，柏林圍牆第二天他便搭火車去柏林，見證了一個歡樂的歷史時刻，卻也很快就發現，這場備受期待的事件並未替歐洲帶來革命性的轉變。

這令人失落的結果引發他創作這部小說的動機。而三十年後的今天，他以南北韓、北美與南美、歐洲與俄羅斯之間的緊張局勢為例，直言冷戰並未真的結束。

說起文學在不同政體下所扮演的角色，菲耶觀察到，在集權政體那樣艱難的環境中，人們反而看重文學對心靈的價值。自由資本主義提供太多消遣與文學競爭，文學的份量大幅削弱。即便小說中揭穿共產集權與資本民主沒有差別，皆將文學當成工具利用，但對於文學是否能在同質環境中扮演絕對的他者，進而成為當代社會的救贖，菲耶說出悲觀的現狀：「若說這是一場對立，文學恐怕正在輸掉一場場戰役，甚至整個戰爭。」

沒有信心喊話，而是不自欺地坦言現實。此時發言的不是編造故事的小說家菲耶，毋寧是深具客觀素養的記者菲耶。

第二場講座，路透社記者菲耶與中央社駐德記者林育立以「遊走在真實與想像邊界」為題對談。林育立說他對巴黎不熟，因此把街道地名都跳過，結果讀《巴黎》小說彷彿在讀史塔西（Stasi）盛行的東西柏林。於是他將兩人共同的身份——記者，比喻為情報員，兩者皆需具備敏銳的觀察力並記錄一切。

菲耶進一步呼應：作家也和間諜一樣，總是暗中鑽入人們的腦子裡竊取資料和想法。針對獨裁體制下的文學，菲耶中肯地揭露：政權與作家之間維繫著與魔鬼交換靈魂般的關係：獨裁者需要作家為他美化宣傳，作家也需要獨裁者的言論箝制，才能激發出藏於表面下的隱喻書寫。此外，林育立從柏林的間諜博物館中陳列的器材發現，當初西柏林的竊聽與監視其實不下於東柏林，進而點出小說中的東西城其實彼此因對方而存在。對此，菲耶深表認同，一面說「每個人都需要敵人」，一面又引用沙特的書名：「但我們的手都是髒的。」

從這兩場座談及訪談中不難發現，菲耶將文學價值高高置於政治意識形態之上：文學不是教條，故而動人。有讀者針對《巴黎》第二章篇名提問：美究竟如何拯救世界？這個句子其實引自杜思妥也夫斯基，菲耶如此詮釋：「如同地底的煤炭受岩層擠壓而淬煉出鑽石，艱困的政治環境往往孕育出偉大的作家，體現一種愈冷愈開花的美感。」何須再向這位勤寫三年的作家探問創作原動力？他的文學初衷強韌又堅定。

最後一場座談由我與菲耶在讀字書店講「譯者與作者的相遇」。書店的空間與氣氛將作者、譯者與讀者們拉得好近，一場夢幻的交流。拋開說書宣傳的任務，我們以合作者的姿態，就何謂風格，如何傳譯風格，緊扣翻譯文學的種種暢聊。將近一星期的隨行相處下來，這場對話變得宛如談心般隨性真誠。菲耶打開話匣子，表示他從未一味追求形式變化，而是針對想寫的題材量身打造適合的呈現手法。

此外，他以阿拉貢（Louis Aragon）等作家為例，說明作者的書寫風格演變十分常見，死板地將某小說家侷限於某種風格並不恰當。的確，就拿他的《三境邊界祕話》來看，一則短篇即是一種風格。事前沒預料到的是，菲耶不僅回應我提出的問題，更反客為主，對我的翻譯原則和模式好奇起來，想知道在法文與中文這兩種相隔遙遠的語言轉換上會遇到什麼樣的挑戰。當我有點抱歉地說，偶爾，為了盡量保持原文的敘事節奏，我可能寫出不是那麼中文的中文句子，他立刻回應：「沒關係，反正我也常寫不是那麼法文的法文。」跟著眾人哄堂大笑之餘，我的心中充滿感激，知道那並非全然安慰或玩笑，菲耶懂我的堅持，對他作品的中文版放心。

書展期間，讀者的回響和實際購買，給菲耶莫大的鼓勵。簽書會場場隊伍不斷，他開玩笑說：「多虧你們，我在這裡賣出的書比法國還多。」而會場上書店及出版社人員的組織能力，人們的笑容，自在的氛圍，也都讓他留下深刻美好的印象。

猶記抵達當天的接風宴上，面對眾人請他書寫台灣的期望，他語多保留。而最後在讀字書店的談話中，他已坦然透露確實想寫一部與台灣相關的作品。人尚未離開，心已想著回來。這座小島太豐富，他必須多來幾次，待久一點，要看到好的，也要看到不好的。

這有什麼問題，菲耶先生，你在這裡已有這麼多朋友，大家都隨時敞開雙臂，敞開心胸，歡迎你。

（本文作者為專業法文譯者、菲耶作品中譯者。本文原載於二〇一九年三月十五日《OPEN BOOK閱讀誌》。）

你有一千種孤獨，但文學是你的避難所

——專訪艾力克・菲耶

朱嘉漢

法國作家艾力克・菲耶在台灣即將有四本作品譯本——《長崎》、《三境邊界秘話》、《巴黎》、《日人之蝕》。他在二〇一九年來到台北國際書展與這裡的讀者見面。

認識他名字的讀者，無論在法國或是台灣、日本，大部分都是透過榮獲法蘭西學術院小說大獎（Grand prix du roman de l'Académie Française）的《長崎》。《長崎》藉由日本一則社會新聞，探索現代人的某種孤寂心靈，一出手便驚艷法國文壇。作為一個記者，菲耶經常閱讀各種荒誕的新聞，然而作為一個小說家，卻又從荒誕之中，找到某種普遍性，並且不消滅事件的獨特性。

不間斷的亞洲好奇

《長崎》的成功，不僅是一次的好運，比如碰上好的題材或好的靈感才成就出來的。著作甚豐的菲耶，一直沒有間斷對於亞洲的好奇。他寫過關於秦始皇的奇想短篇，《日人之蝕》處理被北韓綁架的日本人，二〇一八年的《亞歷山大・大衛－涅爾的腳步》（Dans les pas d'Alexandra David-Néel）則描繪了一場雲南與西藏間的大旅行。

在他身上看得到許多作家都擁有的矛盾性：外表冷靜內心卻熱情；向遠方探索卻往內心更私密處書寫；行為優雅緩慢但思考與出版十分有效

率；書寫異境反而更反照書寫者自身的文化（譬如書寫東方時，卻更清楚反映西方文明的樣貌）。於是，既令人意外卻又十分合理地（也可說是可以預期但還是讓人驚喜的），他在台北書展的公開講座、出席、簽書活動外，每天都自行安排行程，不依賴翻譯而去參訪他感興趣的名單。

在台北這幾天，即便時差，他還是抽空參觀了龍山寺、中正紀念堂、故宮博物院、九份。訪談當天，出版社安排在迪化街的咖啡廳，亦是配合他當天上午可能走訪大稻埕的行程。當菲耶抵達咖啡廳，與我寒暄及簡單說明後，他對於陌生的地點與訪談者似乎安然處之。相對許多歐美旅行者可能有的過度興奮與緊張，菲耶對於身處異國並與當地的文化、人群打交道，事實上在心態已是老手，臉部表情相當放鬆，謹慎地聽取並回答問題。

靜靜地，觀察台灣

菲耶的「亞洲經驗」不少，去過中國數次，也在日本有數月長居。據他所說，即便在日本，也僅是以參加書店或座談會的形式與讀者接觸，日本人對他的好奇，多數集中在他如何書寫日本。而這回在台灣參加書展的活動之於他是新鮮的經驗。他認為台北書展的設計與組織良好，有足夠的空間能與讀者對話，給了他「終於真正跟亞洲讀者接觸」的感覺。另外他也注意到，與他交流的除了久居台灣的法國文化人士外，也有不少相關的台灣人可以用法語跟他溝通，法國藝文在台灣的耕耘已小有所成。當然，他訝異台灣的讀者對他作品強烈的好奇。「好奇」，他強調了兩三次。他感覺台灣的讀者是真的想認識作者、發現新的作家與作品，這是不容易的。

比較法國書展，他認為在台灣這回甚至有更多的讀者交流。不論是讀者來簽書的人數，讀者與他的互動上，都不遜色於他在巴黎書展時所看到的。此外，法國書展雖然有悠久歷史與規模，在他眼裡，有點過分嘈雜。反而在台灣，有相對的靜謐，有規劃的展區區隔。除此之外，台灣書展的優點也包括整體氛圍與讀者的「質」。他看到「願意好好靜下來，透過閱讀來溝通」的可能性。這對於他來說相當愉快。

菲耶的眼睛始終專注，在交流的時間，他的每個回答，彷彿是很久以前就思考過的、準備好的。意思是，他除了寫作間探尋，事實上只要讀者誠心提問，你會發現他似乎準備好進行交流。菲耶熱愛交流，安靜的，在語言之中與語言之外。如同他身體力行的，在主辦單位與出版社安排的活動外，用自己身體的移動，在時差中探訪台北。儘管時間短暫，他的走訪仍然不是觀光客那般走馬看花式的。例如他說，在九份雖然有觀光化的層面，可是仍保存一些古老的、民俗的、真正屬於深度文化的層面。或他靜靜地觀察台灣的道教儀式，或中正紀念堂的威權痕跡。

在台北國際書展的盛況與熱鬧間，他享用一種獨特的步調，尤其與異國的讀者交換思想與語言。我們可以從他的回答知曉，對於菲耶來說，書展的簽書、賣書、公開講座，或是官方場合的交際寒暄，他有所準備與應對，只是在這一切之外，他特別珍惜的是私下與讀者面對面的交流。即使語言上面不是直接的互相理解，可是他從讀者的好奇之眼中，確認他的文學創作中最為在乎的部分。

一千種孤獨，文學是避難所

這也許就是菲耶令人感到優雅之處。在各種文明社會的交際、商業、忙亂之中，他能安然處之，卻始終將目光放在更深邃之處。《長崎》原來的新聞題材本身有很強獵奇元素，可是他的處理，像一種更為內心的思索，彷彿是我們都可能經歷到的某種狀態。

請他進一步的談論作品當中經常演繹的主題「孤寂」時，他說明，這是現代社會的共同現象。他特別關注書寫的是「人群的孤獨」。一個人的孤獨其實很容易發生也很容易解決，例如作家或藝術家經常需要孤獨，藝術創作過程的本質是孤獨的，否則什麼都沒有。苦惱的是人群中的孤獨，集體的孤獨。我們在人群裡，生活在同一座城市，我們說話，我們一起工作，可是我們沒有真正的朋友，真正的「連帶」。這是大城市裡天天上演的，這是都市的孤獨，現代的孤獨。

他簡單地區分兩種孤獨，一種是因意志選擇的，另一種則是被迫的。他的《長崎》主要的男女就是這兩種類型，那名女子選擇孤獨，而男子無法選擇地獨居。或是最新翻譯出來的《巴黎》處理的是一種人與人之間不信任的孤獨，選擇抵抗的孤獨。他並無明顯喜好或批判哪一種孤獨，孤獨之於他是種普遍的現象，卻又是每個個體獨特的經驗。關於他作品裡瀰漫的孤獨氣息，當問他是否認為孤獨是無解時，菲耶回答：「並沒有一種徹底去除孤寂的方式。每種孤獨都有它的解決方式，有一千種孤獨就有一千種甚至更多的回應方法。」

因此，進一步詢問他自認是悲觀主義還是樂觀主義時，他思考了一陣，覺得也許偏向樂觀，至少，非常確定地他知道自己不是悲觀主義者。

他出了第一本書以來，每年都有一到兩本以上的著作。上頭提到他珍視這回在書展遇到的台灣讀者的好奇心與認真交流，他的寫作也如此信奉。他以非常古典的方式看待藝術，菲耶認為寫作本質上就是一種溝通，是創作者在孤寂的狀態裡嘗試抓住的、亦唯有在寫作與閱讀的形式間才能尋獲的。對於他來說，真實的世界背後，總有另外一個神秘的地方，那個地方的豐富、多元、趣味，並不亞於我們所活著的世界。你必須保持好奇心、敏感度，才能抵達。菲耶的遠方，不僅僅是東方與西方的距離、文化上的遠。他筆尖直指的，是我們人類心靈若沒有藝術，便無法真正觸碰到的事物。弔詭的地方在於，一旦進入文學當中，那些遙遠而奇異事物，似乎又與我們比鄰而坐。「文學，能讓一些在現實生活中被壓抑、被驅逐、被消聲、被遺忘、被貶抑的觀念，有個避難所。避難所，這就是我要說的。」

菲耶強調，所謂的避難所，並不是指文學是烏托邦。因為文學讓他感覺存在，並非是理想的。他眼中的文學，是種特殊的時空，能夠容納現實生活中不容存在的事物，也讓躲藏在現實當中的事物顯現。這般大的主題，在短暫的訪談間，他特別強調文學當中有個很重要的質素是「緩慢」。他特別重視這個。因為緩慢，我們能夠在文學當中，擁有情感、詩意與美，這些是更有活力的。這些，是現代社會中各種利益、數字、資本遊戲、效率當中所看不見的。對照他的作品裡處理現實與虛構、個人與社會、孤獨與聯繫，可以更為明白身為記者的他，如何從容穿梭於不同的文化、時間跨度，以及現實之間。他所謂的文學並非「反現實」或「純想像」，而是同樣的現實，透過閱讀讓我們感知到。

作家的反抗未必在公共領域

菲耶坦言，他在政治立場上比較偏向無政府主義者。對於一切的權力、機構、規則、禮儀、限制、壓迫、權威，他都不喜歡。文學沒有權威，沒有一定要強迫你做什麼。

當我問起他，作為一個法國作家，對於文學有自己的想法，包括文學與現實間的辯證，那麼會像過往我們認知的「知識份子」那樣有社會責任嗎？他的回答是，現在已經不是當初左拉、沙特那樣的時代了。作家的反抗，不一定要在公共、公開的領域，在大眾媒體或是街頭上。菲耶專注在寫作與旅行，在思索與對話。他認為，作家所做的事情，將以上提到的，現實生活中沒有察覺到的，用文學的緩慢中如避難所般保護的想法（idée），本身難道不就是反抗了嗎？或是說，文學，以及文學產生的閱讀，本身就是在練習緩慢，而在這世界維持緩慢，讓情感、詩意與美這些觀念能夠在此避難，就是抵抗，就是反叛。

反抗現實，反抗社會，在這個點上，我請菲耶談論「自由」。他思考了一下，一如他回答關於文學所有的問題，文學並非現實之外的，所以也不可能是理想國，是烏托邦。文學的真正自由是不可能的，對他來說。就像我們的社會當中，所謂真正的自由並不可能。總有限制，制度的或心靈的。自由並不簡單，自由很「貴」。包括民主國家，也未必少限制人民的自由，透過廣告、市場、意識形態各種方式。菲耶說，台灣的民主非常寶貴，至少他感覺到一種勇於發表不同意見，勇於交流，勇於認識各種事物。相對於中國現代的政治狀況，他說，這是可怕的，是歐威爾的《一九八四》，甚至比《一九八四》還要可怕，看看那社會信用，看看無所不在的攝像與審查。他考慮將來能夠以此題材寫小說。

菲耶的題材與處理想像方式，他自承沒有固定的方法。他會花時間觀察、搜集與思考，然後在孤獨的緩慢當中創造。

讀者應如偵探

菲耶的作品給人有種神秘感，不是故作神秘，而是一種澄明思考下與之共處的。他打趣地說，在法國有些讀者會一直追問作者要有清楚的解釋。他總是回答說，真實的人生都有那麼多神秘難解的事，為什麼會希望在文學裡得到全部的解釋？

他最理想的文學相遇，是讀者在閱讀中不是被動而是主動的。讀者也是作者的合作者。讀者透過閱讀可以互相靠近。讀者像偵探一樣去探索意義。如他反覆提到的，文學本質是溝通。文學的緩慢允許我們可以更深度的交流，而神秘會導引我們不會有膚淺的答案，可以更靜心去探索現實世界不容易思考的觀念。他在法國的一些與讀者相遇的場合，他們都是讀完書後特地前來，非常想要說話，非常交換意見，想要互相靠近。對他而言，這就是他為什麼要持續寫下去的原因。

這場短暫的書展行，菲耶仍掌握了一種屬於他的「發現的方法」，不論是公開行程與私人安排。他說會再來，也會走訪亞洲其他的地方，以個人的名義去旅行。也許這些足跡，或是我們擔憂或忽略的社會現象，有天會出現在他未來的小說當中，容許我們練習緩慢地去閱讀。這就是我們的避難所，與抵抗。

（本文作者為台大人類學系學士、法國第五大學社會學碩士，著有長篇小說《禮物》。本文原載於二〇一九年三月一日《端傳媒》https://theinitium.com/article/20190302-culture-ericfaye-in-taipei/。）

Beyond

11

世界的啟迪

長崎

Nagasaki

作者	艾力克・菲耶 (Éric Faye)
譯者	陳太乙
執行長	陳蕙慧
總編輯	張惠菁
責任編輯	莊瑞琳、吳崢鴻、張惠菁
行銷總監	陳雅雯
行銷	尹子麟、余一霞
封面設計	井十二設計研究室
內頁排版	宸遠彩藝

社長	郭重興
發行人兼出版總監	曾大福
出版	衛城出版
發行	遠足文化事業股份有限公司
地址	23141 新北市新店區民權路 108-2 號九樓
電話	02-22181417
傳真	02-22180727
客服專線	0800-221029
法律顧問	華洋法律事務所 蘇文生律師
印刷	呈靖彩藝有限公司
二版一刷	2020 年 5 月
定價	280 元

PRINTED IN TAIWAN

ACRO POLIS
衛城出版

Email acropolismde@gmail.com
Facebook www.facebook.com/acrolispublish

國家圖書館出版品預行編目(CIP)資料

長崎 / 艾力克・菲耶 (Éric Faye) 著 ; 陳太乙譯. -- 二版一刷. -- 新北市 : 衛城, 遠足文化出版 : 遠足文化發行, 2020.05
面 ; 公分. -- (Beyond ; 11)
譯自 : Nagasaki

ISBN 978-986-98890-1-8 (平裝)

876.57 109003572